KB008486

나의 향기

나의 향기

1판 1쇄 발행 **2024년 9월 20일**

지은이 　　김순옥
발행인 　　이선우
발행처 　　**도서출판 선우미디어**
　　　　　등록 | 1997. 8. 7 제305-2014-000020
　　　　　02643 서울시 동대문구 장한로 12길 40, 101동 203호
　　　　　☎ 2272-3351, 3352 팩스: 2272-5540
　　　　　sunwoome@daum.net　greenessay20@naver.com
　　　　　Printed in Korea ⓒ 2024. 김순옥

값 13,000원

🌼 충청북도　⬛️ 충북문화재단

※ 이 책은 충청북도, 충북문화재단의 후원을 받아 예술창작활동 지원사업의 일환으로
　 발간되었습니다.
※ 잘못된 책은 바꿔 드립니다.
※ 저자와 협의하여 인지 생략합니다.

ISBN 978-89-5658-769-1 03810

김순옥 수필집

나의
향기

선우미디어 sunwoomedia

몇 년 전, 가을이 영글어가는 문턱에서 수필 교실 문을 두드렸다. 내 삶의 이야기를 책으로 엮어 보고 싶은 마음에서다. 오십 대 초반에 돌아가신 친정엄마를 생각하면 흐릿한 기억의 파편뿐이다. 그것마저 하얗게 지워지기 전에 한줄기라도 붙잡아 글 속에 담고, 두 딸과 함께 추억을 나누고 싶다.

글쓰기는 나에게 큰 행운이며 또 다른 세상으로 나가는 길목이다. 그 길을 한 발 한 발 내디디면서 마음속에 담아 두었던 아픔과 슬픔을 글로 풀어내 상처를 치유해 나갔다. 소망이던 대학의 문턱을 넘고, 문우들과 함께 글을 공유하고 토론하면서 봉오리 안에 갇혀 있던 마음이 수줍게 꽃으로 피어났다.

글집을 엮으면서 지나온 나의 삶을 들여다볼 수 있어 행복했다. 하지만 제대로 영글지 못한 글을 독자 앞에 내놓으려니 부끄러워 숨고만 싶어진다. 비록 이름 없는 꽃이지만 나만의 향기를 지닌 이야기를 모아서 엮어 본다.

제1부에서는 더불어 살아가는 세상에서 벌어지는 사회의 단면을 소재로 삼았고, 제2부는 '사랑꽃'으로 지나온 시간 속에 가족에 대한 그리움과 아픔을 풀어냈다. 제3부 '나의 향기'에서는 소소한 삶의 이야기를 다루었다. 제4부는 나를 성장하게 만든 인연과 새로운 도전에 대해, 제5부 '사람이 곧 풍경이다'에서는 여행지에서 얻는 자연의 힘과 행복에 대한 이야기로 갈래를 나누었다.

　글을 쓰면서 스쳐 가는 작은 일이나 정경들이 예사로 보이지 않고 더 눈여겨보며 마음을 주게 된다. 늘 글에 관한 생각으로 깨어 있어야 한다고 일러주고 귀한 시간 내어 졸고를 살펴주신 김윤희 선생님께 감사드린다. 언제나 옆에서 응원해 주는 문우들과 소중한 나의 두 딸, 그리고 남편, 소중하게 글집을 엮어준 선우미디어에도 감사드린다.

2024년 여름

무진無盡 김순옥

차례

2. 사랑꽃

3. 나의 향기

chapter - 1

더불어 사는 세상

이런 매너가 도로에도 필요하다. 차선을 넘나들며 무리하게 끼어드는
난폭 운전자들이 있다. '무엇이 그리 급한 걸까?' 성격인지, 정말 급한
일이 있어 그러는지 알 수가 없다. 바쁜 세상이지만 내 주변에 대한 예의
와 배려가 필요하다. 각자의 레인에서 서로 부딪치지 않게 양보하며 볼
링공을 던지듯, 자동차도 자신의 차선을 지키며 안전 운전했으면 하는
바람이다.

연리목의 충심

현장학습 날이다. 내비게이션을 찍고 찾아가는 길은 이정표가 없는 도로다. 얼마 지나지 않아 멀리 고즈넉하게 들어앉은 사당 한 채가 보인다.

영화《명량》으로 알게 된 장군 이영남의 사당이다. 진천에 모셔져 있다는 것은 알았지만 찾아와 볼 기회는 없었다. 작을 거라 예상했는데 묘소와 함께 자리 잡은 부지는 생각보다 커서 놀라웠다.

'임란 공신 양성 이영남 장군사적비'

사람 키보다도 높은 표지판이 장군인 양 위용을 자랑하고 있다. 안타깝게도 영정을 모신 사당 충용사의 문은 굳게 닫혀 있다. 군이 아닌 양성이씨 종중에서 소유하고 관리한다고 한다. 담 너머에는 풀들만이 여기저기 길쭉하게 자라서 마당 안을 차지하고 있다. 찾는 이가 없어서일까. 빗장을 걸어 놓은 것이 발길을 더 끊기게 하는 건 아닌지 안타까운 마음이 든다.

아쉬움을 뒤로하고 왼쪽으로 돌아 올라서니 묘소 앞에는 무인석과 망주석이 정면과 좌·우측으로 장군을 호위하듯 서 있다. 장군이 아끼던 말의 무덤인 용마총도 나지막하게 함께 하고 있다. 무언가 범접할 수 없는 큰 기운이 감돌아 한 발 더 앞으로 내딛기가 조심스러워진다.

이영남 장군은 조선 중기의 무신으로 임진왜란 당시 사천포 해전, 한산대첩 등 수많은 해전에서 활약하여 국가의 위태로움을 구한 장수다. 충무공을 보좌하며 10여 차례 해전에서 혁혁한 전과를 올렸다. 그중 명량대첩은 단 13척으로 왜선 133척을 상대로 싸워 승리한 세계 전생사에서 가장 위대한 전쟁으로 꼽는다. 이어 임진왜란 최후의 전투인 노량해전이 벌어진다. 이영남 장군은 가리포 첨사 겸 조방장으로 충무공과 함께 한다. 삼도수군통제사 이순신 장군이 도주하는 왜군을 끝까지 추격해 대승을 거두지만, 왜군의 총탄에 이순신 장군과 이영남 장군은 애석하게도 둘 다 전사한다.

《상산지》에는 충무공 이순신이 일찍이 시를 지어 말하기를 "북쪽으로 가서는 괴로움을 같이하고 남쪽으로 와서는 생사를 함께 하자고 했으니 두 공이 당일에 서로 뜻이 맞았음을 알 수가 있다."라고 했다.

영화 《명량》에서 본 긴박했던 장면이 떠올랐다. 충무공은 좁은 물길과 조류를 이용해 왜군들을 물살에 갇히게 한 뒤 공격한다. 그의 지휘로 일심동체 하며 따르는 군사들의 모습이 용맹스럽다. 지켜보는 내내 긴장하게 한다. 영화에서는 이영남 장군이 크게 부각되지는 않았지만 느낌으로 장군의 충성심을 알 수 있었다. 그의 묘소 앞에 이르니 저절로 고개가 숙어진다.

오른쪽으로 연리목이라는 푯말이 있다. 연리목이란 뿌리가 다른 나무의 몸통이 서로 합쳐져 마치 한 나무로 살아가는 것을 말한다. 소나무 두 줄기 사이로 상수리나무가 자기 몸을 턱 하니 걸치고 자라고 있다. 처음 보는 연리목이 참 신기하고 기이했다. 가만히 올려다보고 있자니 나도 모르게 얼굴이 붉어진다. 다정한 연인이 꼭 끌어안고 있는 모습과 같았기 때문이다. 눈길을 옆에 있는 푯말로 옮겼다.

푯말 내용에 소나무는 이순신 장군의 목숨을 지키기 위해 자신의 몸을 왜군의 칼받이로 바친 '이영남 장군'이라고 되어 있다. 또한 상수리나무는 전장에서 자신의 목숨인 갑옷을 벗어 죽어가는 부하에게 덮어준 '이순신 장군'의 형상을 하고 있다고 쓰여 있다. 이들은 목숨을 같이 하며 이렇게 연리목으로 환생하였다고 전한다.

다시 올려다본 상수리나무의 밑동은 가늘고 소나무 사이로 걸쳐진 줄기 부분부터는 굵고 실하다. 나뭇잎들도 진한 색을 띠며 푸릇푸릇하다. 그 반대로 소나무의 몸통은 튼실하게 올라섰지만 상수리나무를 껴안은 연약한 두 팔은 자기의 양분을 다 내어준

듯 붉은 속살을 내보이고 있다. 껍질도 군데군데 벗겨져 있다. 끝까지 제 몸 바쳐 받드는 이영남 장군의 충심으로 느껴져 애잔하다.

이렇듯 나라를 위해 싸운 이들 앞에서 지금 우리의 현 사태는 어떠한가. 높은 자리에 있으면서 서민을 위한 귀는 닫고, 오직 자기 이익만을 추구하는 이들에게만 열려 있으니 참으로 씁쓸하다. 굳게 닫힌 사당 충용사의 문처럼 느껴져 마음이 무겁다.

무관심의 시대

새로 집 두 채를 더 장만했다. 한 집에 세 식구가 살다 보니 위로 크지 못하고 두루뭉술하게 옆으로 살만 찌워서 서로 옴짝도 못하고 있다. 어느 놈 하나 비좁아서 못 살겠다고 고개 바짝 쳐들고 따지는 놈이 없다. 제 주장을 내세워도 될 터인데 환경에 맞추어 사는 모습이 안쓰럽다.

우리의 인연은 십여 년 전 어느 식당 문 앞에서 처음 시작됐다. 탄탄한 그에 몸에 반했고 푸릇푸릇하고 오동통한 잎이 마음을 설레게 했다. 당당하고 멋있게 서서 내 마음을 홀라당 빼앗은 녀석은 바로 다육이 염좌다. 그의 주위에는 넘치게 많은 자식이 옹기종기 모여 가정을 이루고 있었다. 탐이 났다. 하나쯤 없다고 아쉬울 게 없을 듯하여 나도 모르게 그중 하나를 떼어 내 손에 넣고 빠르게 도망쳤다. 집으로 가는 동안 누가 보았을까 봐 마음이 조마조마했다. 유괴범이 따로 없다.

졸지에 가족과 생이별하고 혼자가 되어 버린 그 아이에게 넓고 예쁜 집을 준비해 줬다. 외롭지 않게 친구도 만들어 주고 자주자주 들여다보며 잘 자라주기를 빌고 또 빌었다. 아이는 새로운 환경이 낯선지 자꾸 움츠러들며 나의 눈 맞춤에도 반응하지 않는다. 많이 원망스러운 모양이다. 자책감이 들었지만 어떻게든 잘 키워보리라 정성을 다했다. 하루에도 몇 번씩 들락날락하며 불편하거나 부족한 건 없는지 살폈다. 다른 아이들이 질투하며 입을 내밀어도 눈에 들어오지 않았다. 우선 그 아이를 달래주어야 했고, 아무 탈 없이 클 수 있게 돌봐야 했다. 내 감정이 전해졌는지 드디어 마음을 열었다. 하루가 다르게 무럭무럭 잘 자라주었다.

몇 년이 흐르면서 늠름했던 제 아버지를 쏙 빼닮아간다. 자식도 둘이나 보았다. 잘 자라서 부모 노릇 하는 아이가 대견스럽고 기특했다. 햇볕이 잘 드는 베란다 창가로 자리를 옮겨 주었다. 이제는 걱정 안 해도 될 것 같아 마음을 놓게 되면서 관심과 사랑이 식어갔다.

어느 날 '잘살고 있겠지' 하는 생각에 녀석을 들여다보았다. 못 본 사이 두 자식은 아버지 키만큼 커 있다. 그런데 위에서 내려다보니 무언가 이상하다. 하얀 실뭉치 같은 것이 띄엄띄엄 보인다. '뭐지?' 하며 쭈그려 앉아 자세히 보았더니 잎이 맞닿은 줄기 부분과 뒤쪽에 빈대같이 납작한 것이 붙어 있는 것이 아닌가. 무관심한 사이에 진딧물이란 놈이 여기저기 새끼들을 풀어

놓고 자기 세상처럼 살고 있었다. 어찌 이럴 수가. 제 살에 붙어 진액을 쪽쪽 빨아먹고 있는 침입자에게 다육이 염좌는 아무런 저항도 못 하고 하루하루를 버티며 살고 있었던 모양이다. 잎이라도 떨어뜨리면서 좀 봐 달라고 하지. 무심했던 나를 얼마나 원망했을까.

약을 사다가 뿌려 줄까 했지만 그 독한 약을 온몸에 뿌린다면 숨도 제대로 쉬지 못하고 몸만 상할 것 같았다. 다급히 이쑤시개 하나를 들고 와 잎 사이를 들춰가며 한 마리씩, 한 마리씩 콕콕 찍어 잡았다. 그리고 잡은 놈을 바닥에 놓고 이쑤시개와 함께 있는 힘껏 문질렀다. 한 번 달라붙은 기생충들은 쉽게 떨어져 나갈 기미가 보이지 않는다. 잡아도 잡아도 끈덕지게 달라붙는 이놈들을 어찌하면 좋을까. 그동안 무심했던 시간의 대가를 톡톡히 치러야 할 것 같다.

염좌네 세 식구가 병든 채 다닥다닥 붙어사는 것이 안쓰러워 새집을 마련해 흙을 고르고 다 큰 자식들을 분가시켰다. 양쪽으로 지지대를 꽂아 흐느적거리는 팔을 오색 끈으로 연결하여 위로 향하게 잘 묶었다. 그리고 샤워기로 가려웠을 온몸을 꼼꼼히 씻겨주었다. 생기를 잃었던 잎들이 기운을 차린다. 봄의 햇살을 맞아 금세 오동통한 입술을 내민다.

무관심으로 병들게 하는 것이 어찌 화초뿐이랴.

알렉산더 버트 야니 교수는 타인과 세상에 냉담한 이들이 점점 늘고 있다고 했다. 이런 세태를 '무관심의 시대'라고 말하며, '무감각한 우리를 다시 깨어나게 하는 것은 삶에 관한 관심과 희망뿐'이라고도 한다.

무관심 속에 사회가 병들어 가고 있다. 서로에게 따뜻한 말 한마디, 도움의 손길이 절실히 필요한 때다.

더불어 사는 세상

볼링 동호회 모임이다. 단체 티를 챙겨 출근하는 발걸음이 즐겁다. 정기모임은 한 달에 두 번, 둘째 주와 넷째 주 화요일에 한다. 회원은 15명으로 여사원 11명에 남자 사원이 4명이다. 퇴근 후 6시 30분부터 게임을 시작한다. 여직원들은 다 참석하지만 남자 직원은 야근과 술 약속으로 불참할 때가 많다. 경기가 끝나면 먹고 싶은 음식을 정해 저녁 식사도 한다.

볼링장에 회원이 다 모이기를 기다렸다가 서너 명씩 조를 이루어 시작한다. 1게임에 10프레임까지 있다. 우리는 3게임을 친다.

나의 애버리지는 140점이다. 동호회에 가입한 지 십 년이 넘었는데도 점수는 좀처럼 올라가지 않는다. 연습은 안 하고 본 게임만 하니 그럴 만도 하다. 그 날 컨디션에 따라 점수 차이가 많이 난다. 볼링은 스텝 자세가 바르면 높은 점수를 받는다.

첫 게임 시작 후 느낌이 좋다. 스트라이크가 연이어 나온다. 연속으로 나오면 점수는 배로 올라간다. 10프레임 모두 스트라이크인 '퍼펙트'는 무려 300점이나 된다. 그 점수가 나오면 날짜와 선수 이름이 찍힌 작은 현수막이 볼링장에 걸린다.

오늘 컨디션이 좋더니 202점이 나왔다. 모인 회원 중에 최고 점수다. 볼링공을 던질 때 바른 자세를 유지하려고 노력한 결과다. 주위에서 대단하다며 한턱 쏘라고 한다. 점수가 높게 나오면 커피나 음료수를 사기도 한다. 축하와 질투를 받은 값이다. 다들 두 번째 게임에서는 높은 점수를 올려보겠다고 신중을 기한다. 마음이 앞서다 보니 공이 레일이 아닌 고랑으로 빠져 굴러간다. 던진 사람이 민망한 얼굴로 들어오자 다들 너무 욕심부려서 그런 거라며 깔깔대고 웃는다.

볼링공을 던질 때는 매너가 중요하다. 양옆에 다른 사람들이 투구하기 위해 준비하고 있으면 기다렸다가 다 치고 내려오면 그때 올라가서 던져야 한다. 사고 방지를 위한 배려다.

이런 매너가 도로에도 필요하다. 차선을 넘나들며 무리하게 끼어드는 난폭 운전자들이 있다. '무엇이 그리 급한 걸까?' 성격인지, 정말 급한 일이 있어 그러는지 알 수가 없다. 바쁜 세상이지만 내 주변에 대한 예의와 배려가 필요하다. 각자의 레인에서 서로 부딪치지 않게 양보하며 볼링공을 던지듯, 자동차도 자신의 차선을 지키며 안전 운전했으면 하는 바람이다.

볼링이라는 운동을 통해 많은 걸 배우고 느낀다. 소통으로 친목을 다지고 서로의 성격을 맞추어가다 보면 삶의 활력소가 된다. 이것이 더불어 사는 사회가 아닌가 싶다.

여성에 의해 쓰인 역사

위안부 피해자를 다룬 영화 《귀향》《눈길》《아이 캔 스피크》에 이어 또 한 편의 영화를 보았다. 위안부 문제 판결을 위해 1992 년부터 1998년까지, 6년간의 투쟁을 그린 《허스토리》다.

10명의 위안부, 정신대 피해자들이 일본 정부를 상대로 13명 의 무료 변호인과 함께 벌인 23번의 재판을 진행한 실화다. 역사 상 단 한 번, 일본 재판부를 발칵 뒤흔들었던 용기 있는 여성들 이 일궈낸 관부 재판 이야기를 다룬 작품이다. 《허스토리》는 여 성에 의해 쓰인 역사로 여성의 관점과 경험을 기록하는 것을 목 적으로 한다고 목소리를 높인다.

관부 재판은 1991년 '김학순' 할머니의 일본군 위안부 피해 사 실을 최초 증언하는 기자회견으로부터 출발한다. 이후 같은 해 '서울 정신대' 신고 전화가 개설되었고, 10월에는 '부산 여성경제 인 연합회'가 부산 지역 정신대 신고 전화를 만들었다.

이야기는 부산을 기반으로 위안부, 정신대 피해자들의 재판을 물심양면으로 도와준 원고 측 단장 '문정숙'(김희애 분)을 중심으로 전개된다. 여행사 사장으로 성공한 사업가였던 그는 관부 재판에서 승리할 수 있도록 모든 지원을 아끼지 않는다. 그녀로 인해 할머니들은 가슴속에 한으로 묻어 두었던 각자의 아픔을 서서히 토해내기 시작한다.

문정숙 집 가사도우미로 일하고 있는 '배정숙'(김해숙 분)은 아무에게도 말하지 못한 비밀이 있다. 문정숙이 이를 알게 되면서 관부 재판에 본격적으로 개입시킨다.

시원시원한 입담과 기세로 일본 재판정에서도 사죄를 요구하는 '박순녀' 할머니는 평양 출신으로 과거에 받은 상처를 감추기 위해 억세게 살아왔다. 거친 말투와 행동 속에는 어린 시절 당한 큰 아픔이 숨겨져 있다.

'서귀순' 할머니는 열네 살에 정신대에 끌려갔다. 소심하고 겁이 많아 자신은 위안부가 아니라 정신대라고 말하며 재판에 나서기를 망설인다. 하지만 결정적인 순간에 용기 내서 관부 재판에 힘을 보탠다. 그녀의 등에는 일본군이 난도질한 큰 흉터가 있다.

형제를 대신해 일본에 끌려간 '이옥주' 할머니는 끔찍했던 과거가 트라우마로 남았고 결국 마음의 병을 얻었다. 소녀 같은 미소와 발랄한 행동 뒤에는 뼈저리게 지우고 싶은 기억이 있다. 이렇듯 위안부와 정신대 피해자는 쉽게 꺼내지 못하는 사연을 끌어안고 살아가고 있었다.

관부 재판은 무료 변론으로 도운 변호사들이 있었기에 가능했다. 재일교포 변호사 이상일(김준한 분)은 변호인단을 대표하는 인물이다. 문정숙의 부탁을 받고 재판에 뛰어든 뒤 침착하고 이성적인 자세로 재판을 이끌어 나간다. 주체적으로 극을 이끄는 배우 김희애와 당당하게 존재감을 발산하는 김해숙의 열연은 보는 내내 마음을 아리게 했다. 각자의 서사가 모여 진정성 있는 드라마를 만들고 아직 끝나지 않은 역사의 아픔을 전하고 있다.

위안부 이야기는 매스컴을 통해 알고는 있었지만 관부 재판이 있었다는 사실은 몰랐다. 그런 사연을 딛고 6년에 걸친 23번의 재판에서 단 한 번 일부 승소했다는 것은 정말 중요한 의미라고 생각한다.

20세기 후반 '허스토리' 운동으로 여성 중심적인 언론 기관 및 출판사들이 생성되고 발전하였다. 허스토리 발전에 큰 역할을 한 여성 운동가 중에 '로빈 모건'이 있다. 2005년 여성을 두드러지고 강력한 존재로 만들기 위해 위민스 미디어 센터(WMC)를 설립했다.

이 영화를 만든 민규동 감독은 세상이 꿈쩍하지 않아도 영화를 본 우리가 조금씩 생각이 바뀌면 그게 '세상을 바꾸는 큰 신호다.'라고 했다. 그렇다. 나 하나의 생각이 세상을 바꿀 수 있다.

아버지, 그 삶의 무게

2018년 4월 27일 남북 두 정상이 손을 맞잡고 도보로 군사분계선을 사뿐 넘었다. 딱 한 발짝만 떼면 남이요 북한 땅인데, 참으로 오랜 세월 가슴앓이를 하고 살았다. 아직도 끝나지 않은 전쟁, 삼팔선을 그어 놓은 채 휴전한 지 65년이다. 이제 '평화, 새로운 시작'이라며 남북한은 분쟁을 끝내고 영원한 평화를 위한 긴 여정에 올랐다. 이어 이산가족 상봉도 이루어졌다.

8월 20일 오후, 북한 금강산호텔에서 남북한의 이산가족들이 한 식탁에 마주 앉았다. 부모, 형제자매 할 것 없이 안타까운 사연들로 눈물바다를 이룬다.

1983년에 KBS가 추진한 이산가족 찾기 '누가 이 사람을 아시나요.'를 생방송으로 방영한 적이 있다. 그때 어린 나로서는 그 많은 사람이 헤어지고 만나지 못했다는 게 놀랍고 가슴 아팠다. 아버지는 빨려들 듯 텔레비전 앞을 떠나지 못하셨다.

아버지의 고향은 경기도 연천군 백학면이다. 남북이 경계가 생기면서 백학면이 두 쪽으로 쪼개졌다. 북쪽에 위치해 있는 고향은 가보고 싶어도 갈 수가 없는 곳이 되었다. 6·25 때 열세 살이었던 아버지는 가족들과 헤어지고, 일곱 살짜리 여동생 손만 꼭 잡고 피난을 오셨다. 뿔뿔이 흩어진 가족, 엄마와 삼촌들을 찾아 헤매던 중 수원에서 가까스로 할머니를 만났다. 하지만 한 끼 밥 해결도 어려웠던 할머니는 손자인 아버지를 안성 꺽지라는 마을의 어느 집 머슴으로 보냈다. 그곳에 가면 굶지는 않을 것이라 믿었기 때문이다. 얼마나 먹고살기가 급급했으면 그 귀한 손자를 남의 집에 보낼 생각을 하셨을까. 그리고 할머니는 머슴으로 간 손자의 선 세경을 받아 생활하셨다고 한다. 어린 나이에 머슴살이하면서도 밤이면 글방에 나가 한문 공부를 했다 하니 학구열이 대단하셨나 보다. 아니 어쩌면 살기 위한 치열함이었는지도 모른다. 할머니가 계시긴 했어도 부모 없이 소년가장으로서 일찍 철이 든 것 같다.

죽기 살기로 허리 굽히고 일만 하다 보니 어느덧 서른 살, 그 당시는 노총각이다. 아무것도 가진 것 없는 삼팔따라지에게 누가 중매를 할 것이며, 온전한 혼처가 나섰겠는가. 그런 아버지에게 한 처자가 눈에 확 들어오더란다. 열일곱 꽃다운 나이의 처녀에게 한눈에 반해 우여곡절 끝에 결혼에 골인했다. 그 덕분에 내가 존재하게 되었지만 엄마는 무엇에 홀려 열세 살이나 연상인 아버지에게 시집올 생각을 하셨을까.

남쪽에 일가친척 하나 없이 외롭고 고독하게 살아오신 아버지는 자식들만은 외롭게 지내지 않기를 바라며 없는 살림에 오 남매를 낳으셨다. 사슴 같은 눈망울을 굴리며 올망졸망 엉겨 있는 자식들을 보면 힘이 솟았단다. 그 어린 자식들을 남부럽지 않게 키우기 위해 아버지는 일거리가 있다고 하면 장소를 불문하고 달려가셨다. 멀리까지 돈벌이를 가서 몇 달이 되어서야 돌아오시곤 했다. 엄마 역시 남자가 할 수 있는 일까지 마다하지 않고 하셨다. 그래도 형편이 나아지지 않자 여러 동네를 떠돌다 용인 옥산리라는 마을에 정착했다.

아버지는 평상시에 말이 없다가도 술만 드시면 우리에게 당신이 살아온 얘기를 중얼중얼, 한 이야기를 하고 또 하신다. 넋두리 같고 지루한 말이지만 왠지 듣고 있어야 할 것 같아 나는 밤새 이야기가 끝날 때까지 무릎을 꿇고 아버지의 말을 들었다. 장녀이기에 아버지의 아픔, 슬픔을 덜어드려야 한다고 생각했다. 어린 나이에 비빌 언덕 하나 없이 홀로 일가를 이루기까지 아버지 삶의 무게가 은연중에 맏이인 내게로 전이되었나 보다. 뭐가 뭔지 잘 모를 나이 때부터 아버지의 모습을 그냥 다 받아들였다.

의정부 근처인 덕정리라는 곳으로 올라왔다. 거기에는 아버지의 유일한 혈육인 고모가 살고 있다. 그렇지만 넉넉지 않은 살림과 자식이 셋이나 되어 우리에게 내어 줄 방은 없었다.

엄마와 나는 공장에 다니며 억척스럽게 돈을 모았다. 일 년에 한두 번 그 돈을 가지고 엄마는 집으로 내려갔다. 몇 년에 걸쳐 빚을 다 갚고 나서야 겨우 집을 얻어 아버지와 동생들이 우리가 있는 곳으로 올라와 함께 살게 되었다. 아버지도 돌 공장에 취직하면서 경제적으로 나아지기 시작했다.

생활이 안정되자 남쪽에 속한 백학면에 증조할아버지 묘가 있다며 기억을 더듬어 찾아다녔다. 그렇게 찾은 산소를 오가며 제사를 지냈지만 자꾸 우환이 생기자 화장하려고 파헤쳤는데 아무것도 없는 빈 무덤이었다고 한다. 얼마나 허망했겠는가. 게다가 아버지 칠순을 앞두고 엄마가 갑작스러운 사고로 돌아가셨다. 의지했던 아내마저 잃고 삶의 의욕이 꺾여 매일 술로 사셨다. 몸은 돌보지 않고 텔레비전과 술이 친구라고 노래를 부르시더니 간암과 당뇨, 고혈압으로 몸을 망가뜨렸다. 몇 년간 입원과 시술을 반복해야만 했다. 끝내 그 모든 걸 두고 77세의 나이로 영영 먼 길을 떠나셨다. 아버지가 이렇게 빨리 가실 줄 알았다면 원 없이 술이나 드시게 할 걸 하는 후회가 밀려온다. 아버지의 인생에서 술은 헤어진 가족에 대한 그리움이 아니었을까.

'누가 이 사람을 아시나요?' 하염없이 혈육을 그리워하던 실향인 아버지는 북의 가족에 대해 아무것도 아는 것이 없어 이산가족 상봉 신청조차 해보지 못했다. 그리고 혹여 누가 당신을 찾지 않을까 싶어 TV에서 눈을 떼지 못하고 서성였던 아버지, 내 아버지. 아직도 그 뒷모습이 눈에 선하다.

전염 집합소

A형 독감 판정을 받았다. 잠복 시기가 평균 2일이라던데…. 짚어보니 지난 금요일 알레르기로 병원에 다녀왔다. 그날 마스크를 쓰지 않았던 것이 문제였을까?

독감은 잠복기를 지나면 급속도로 기침과 오한, 근육통을 유발한다고 하더니 정말 온몸이 늘어지면서 정신줄을 놓게 했다. 전염성이 강하기 때문에 타미플루를 복용하면서 5일간 격리되어야 한다. 남편에게 각자 의식주를 해결하고 내 근처에는 얼씬도 하지 말라며 신신당부하고 안방으로 들어가 문을 닫았다.

다음날 새해가 밝았다. 한 해의 시작을 맞을 준비도, 떡국 한 그릇도 끓여 먹지 못하고 자리에 누워 시간을 흘려보내야만 했다.

거실에서 들리는 기침 소리에 나가보니 자고 있던 남편이 춥고 온몸이 뻐근하다며 짜증을 낸다. 밤새 잠자리가 불편해서 더 그러한 것 같다. 예사롭지 않은 근육통과 기침을 호소하기에 병원을 다녀오라고 했다. 한 시간이 지나고 남편한테 전화가 왔다. 결과는 예상대로다. 조심한다고 했건만 한집에 있다 보니 별 소용이 없었다.

엎친 데 덮친다고 대전에 있는 작은딸이 목이 아파 병원에 갔더니 A형 독감이라며 어떻게 하냐고 연락이 왔다. 주말에 함께 식사했던 것이 문제였나 보다. 같은 방을 쓰는 큰딸은 괜찮은지 몸 상태를 확인해 보니 아무 증상이 없다고 한다. 작은딸을 격리시켜야 해서 남편에게 집으로 데리고 오라고 했다. 졸지에 우리 집은 3명의 전염 환자 집합소가 되었다. 안방은 남편, 작은방은 딸아이, 거실은 내 입원실이다.

소화가 잘되는 누룽지 죽을 끓였다. 반찬과 함께 각자 쟁반에 올려 안방과 작은방으로 날라다 주었다. 내가 감염시킨 것 같아 내 몸은 뒷전으로 미루고 세 끼 식사를 꼬박꼬박 챙기는 것으로 미안한 마음을 대신했다.

타미플루의 부작용인지 잦은 두통과 복통, 설사를 일으킨다. 딸하고 나는 화장실을 번갈아 가며 들락날락한다. 온몸에 진이 빠져나가는 느낌이다. 반면에 남편은 첫날 주사를 맞자마자 근육통이 없어졌고 이틀이 지나자 아픈 증상이 없다며 의사의 오진 같다고 일을 나가겠다고 한다. 그 말에 5일 동안은 감염균이 있어서 안 된다며 버럭 화를 냈다. 지금 내가 겪고 있는 이 고통을 누구에게 주려고 그러는 건지….

매스컴에서 한 아이의 아빠 이야기를 전한다. 독감에 걸린 아이가 자꾸 보채자 집안에서는 돌보기 힘들어 키즈카페로 데리고 갔단다. 그곳에서 같이 놀던 다른 아이들의 부모는 얼마나 기겁했을까 싶다. 어디 독감뿐이겠는가. 나 자신만을 생각하는 이기심이 사회를 병들게 한다.

폭염

30도가 넘는 폭염이다. 8월도 되기 전에 뜨거운 열의 습격으로 사람들은 숨도 제대로 못 쉬고 헉헉거린다. 여름 더위가 왜 이리 빨리 찾아왔는지 야속하기만 하다. 이런 날씨에 남편의 친구는 고기를 삶느라 화로 앞에서 땀을 뻘뻘 흘린다. 지난해에 이어 염소탕을 끓이고 있다. 일 년에 한 번은 이런 보양식을 먹어줘야 한 해를 거뜬히 지낼 수 있다며 자처한 일이다.

부부 동반으로 십여 명이 함께 속리산 화양계곡에서 1박을 한다. 이열치열이라고 하지만 그 자리에 있자니 땀이 줄줄 흘러내린다. 계곡물에 두 발을 담가 보아도 소용이 없다. 물속으로 들어가는 것을 싫어하는데 어쩔 수 없이 온몸을 담근다. 그제야 머릿속까지 시원해진다. 가만히 앉아 맑은 물속을 들여다보았다. 손가락 크기만 한 물고기 여러 마리가 보인다. 신발을 벗어 잡으려 하자 재빠르게 도망친다. 숨을 죽이고 가만히 기다리자 송사리 한 마리가 내 옆을 서성인다. 두 손으로 살며시 뜨니 반

항 한번 안 하고 손바닥 안에서 논다. 잡힌 것이 신기했지만 어린 것이 사람들 틈새에 끼어 놀란 것은 아닌지 안쓰럽다. 사람의 발길이 닿지 않는 위쪽으로 올라가 물속에 내려 주었더니 살았다는 듯 꼬리를 흔들며 금세 사라져 버린다.

주위를 둘러보니 큰 합판으로 군데군데 인위적으로 물을 막아 놓았다. 연일 폭염으로 계곡물이 부족해서 민박집에서 그리한 것 같다. 손님을 맞기 위한 주인장의 애끓은 마음이 느껴진다.

매스컴에서 폭염 일수와 열대야 갱신 뉴스가 연일 쏟아지고 있다. 대통령까지 나서서 내린 특별 재난 상황이고 냉방도 복지라고 했다. 폭염의 원인은 다양하지만 지구 온난화로 더 자주 발생하고 강도가 증가하고 있단다. 세계 곳곳에서 매번 최고 기온을 갱신하고 있다. 폭염은 건강을 위협하고 심지어 사망자까지 발생시키는 극심한 더위다. 기후변화의 영향을 완화하고 지구 온난화를 억제하기 위해서는 우리의 노력과 책임이 필요하다. 온실가스가 증가하는 것은 산업, 교통, 농업, 쓰레기 처리 등 인간의 활동으로 인해 대기에 방출되는 것이기 때문이다. 우리가 생각 없이 쓰고 버리는 일회용품들 또한 크게 한몫을 하고 있다.

예전에 '노 플라스틱 챌린지' 캠페인 첫 주자로 배우 '김혜수'가 나선 적이 있다. 그녀는 늘 개인 텀블러를 가지고 다니며 사용한다. 어쩔 수 없이 일회용 컵을 써야 할 땐 자신의 이름을 써서 최소 하루에 한 컵만 쓰려고 노력했다고 한다. 하지만 코로나19 팬데믹으로 오히려 플라스틱 사용량이 많아지고 한번 쓰고 버리는 비율도 늘어났다. 최근 들어 규제가 다시 시작되고 있지만 큰 기대를 하기는 어렵다고 한다. 매년 약 5,000만 톤의 페트가 만들어지고 있으며, 해마다 늘어나는 추세라고 하니 참으로 놀랍고 경각심마저 든다. 가능한 한 플라스틱 사용을 줄이고 여러 번 사용하여 쓰레기를 최소화하는 생활 습관을 들여야 할 것이다.

아이들이 색색의 물놀이 튜브를 타고 둥둥 떠다니고 있다. 종류와 크기도 다양하다. 세 살 정도로 보이는 남자아이의 것이 내 눈에 들어온다. 둥그런 튜브에 연결된 위쪽의 그늘막이 참 신기하다. 따가운 햇볕을 어느 정도 막아주는 것 같다. 튜브 아래 물속에서 허우적대는 아이의 발짓이 앙증맞다. 뜨거운 더위도 잊은 채 한참을 바라보며 미소를 머금는다.

세대 간의 갈등

김혜진의 『딸에 대하여』란 제목이 시선을 끈다. 두 명의 딸을 둔 엄마이다 보니 앞으로 함께 살아가면서 공감되는 부분이 많을 것 같고, 딸을 이해하는 데 많은 도움을 줄 것 같았다. 하지만 책을 읽으면서 생각지 못했던 뜻밖의 이야기라 매우 당황스러웠다. 자식을 위해 희생한 어머니와 성적 지향성을 가진 딸에 관한 소설이었다.

요양보호사로 일하고 있는 주인공의 가족은 외동딸이 전부다. 홀로 온갖 고생을 다 해가며 번듯하게 잘 키웠다. 많이 배우고 똑똑한 그런 딸이 서른이 넘도록 전국을 다니며 시간강사로 겨우 밥벌이만 하고 있다. 그런데도 잘살고 있다며 만족해하는 딸의 삶을 한없이 걱정한다. 더 기가 막힐 노릇은 아무 상관 없는 남의 부당한 해고에 참견하고 간섭하면서 보증금도 다 까먹고, 정체불명의 여자애와 함께 월세를 내겠다며 자신의 집으로 쳐들어왔다는 것이다.

7년을 함께 산 레인을 가족으로 인정해 달라는 딸의 외침도 엄마 눈에는 그저 애들 소꿉장난처럼 보인다. 레인, 그 애만 빠져주면 앞으로 딸은 정상적으로 살 수 있다고 생각한다. 지금 낭비하고 있는 이 시간은 다시 되돌릴 수가 없는데 자기 자신을 위해 좀 더 알차게 살았으면 하는 엄마의 마음은 간절하기만 하다. 하지만 딸은 남들의 이야기는 잘 들어주면서 정작 자식의 말은 듣지도 않고 끝까지 받아들이지 못하는 엄마를 원망한다. 그러면서 세상 사람들의 다양한 삶은 이해를 한다면서 내 자식만은 절대 안 된다는 엄마의 모순을 꼬집는다. 엄마는 엄마대로, 자신이 하는 말은 무조건 무시한다면서 부모의 권리를 내세운다. 모든 부모는 내 자식만큼은 정상적인 삶을 살면서 가족이라는 울타리 안에 보호받으며 가치 있게 살기를 바란다. 평범하고 수수하게, 남들처럼 살기를 바라는 마음이다.

주인공은 요양원에서 치매 노인 젠을 돌보면서 그녀의 모습에서 남 같지 않음을 느낀다. 자신의 딸이 노년에 젠과 같은 삶을 살면서 홀로 늙어 갈까 봐 두려워한다. 젊은 시절의 젠은 한국계 입양아들과 이주 노동자들을 위해 열심히 일하며 희생했지만 정작 본인이 늙고 병들었을 때는 돌보는 이도 없고 어느 누구도 오지 않는다. 가끔 요양원으로 기자가 찾아올 정도로 유명 인사였지만, 자식 없고 찾는 이 없는 치매 노인인 젠에게 요양원에서는 남들보다 못한 대접을 한다. 기저귀 재사용으로 엉덩이가 온

통 짓무르고 욕창이 주먹만 하게 생겼다고 해도 간호사는 신경 쓰지 않는다. 말이 통하지 않자 주인공은 집에서 수건을 가져와 기저귀로 사용하고 세탁기로 돌리자 당직 간호사는 개인적인 세탁실 사용은 금지라며 매몰차게 정지시키고 물을 빼내 버린다. 그러더니 더 외딴 요양원으로 젠을 보내버린다. 안타까운 마음에 그녀는 젠이 성인이 될 때까지 키웠다는 필리핀인 띠팟이 일하는 공장으로 찾아가지만 자신도 먹고살기 힘들다며 뒤돌아선다. 할 수 없이 젠이 있는 요양원을 찾아간 주인공은 그곳에서 수면제에 취해 멍하니 있는 그녀를 차마 외면하지 못하고 집으로 데려온다. 젊은 시절 빛났던 그녀의 인생이 너무나 허망하다. 평생을 소외된 자들을 돌보는데 헌신한 삶이지만 정작 누구도 자신을 돌봐 주지 않는 비참한 노후다. 남을 위해 일하는 것도 좋지만 나 자신을 먼저 챙겨야 한다는 이기적인 생각이 앞선다. 어쩌면 젠이 치매 걸린 것이 다행이라는 생각이 든다. 그렇지 않았다면 외로움과 늙고 초라한 자신의 삶을 얼마나 비관했을까. 엄마 마음으로 입양아들을 위해 한평생을 살았지만 혈연이 아닌 남이라서, 찾는 이가 단 한 명도 없다는 사실이 너무나 가슴 아프다. 주인공처럼 딸이라도 옆에 있었다면 젠의 노후가 조금은 달라지지 않았을까 싶다. '무자식이 상팔자다.'라고 하는데 그 말은 틀린 것 같다.

주인공은 젠의 장례식에서 상주 노릇을 하는 딸을 보면서 순리대로 받아들이려고 한다. 동성애자로 차별받지 않고, 본인이 잘하는 일을 하면서 대우받기를 바라는 엄마의 마음을 가진다.

이 책의 여성들은 가족이라는 울타리 안에서 보호받지 못하고 자신보다는 딸을 키우기 위해, 젠처럼 모르는 남을 위해 일하기도 한다. 주인공의 딸 또한 남의 부당한 해고에 반대 활동을 나서자 함께 살고 있는 동성애자 레인이 주방 보조로 일하면서 경제적 뒷바라지를 한다. 이렇듯 자신보다는 다른 누군가를 위해 일할 수밖에 없는 운명의 굴레 속에 살고 있다.

만약 두 딸 중에 이런 동성애자가 있다면 나는 어떻게 했을까. '잘 키운 딸 하나 열 아들 부럽지 않다'는 시대다. 사회에 나가서 성공하고 좋은 배우자 만나 가족을 이루며 사는 것, 그것이 모든 어머니를 비롯하여 나 또한 바라는 소망이다. 우리 사회는 뿌리 깊은 가족주의 혈연관계로 살아왔기 때문이다. 일부 사회에서 동성애자를 인정하고 있지만 아직은 부정적으로 바라볼 수밖에 없는 것이 현실이다. 이것은 어쩔 수 없는 세대 간의 갈등이다.

시선

자주 가던 카페 주차장에서 바라본 낮은 산등성이에 데크로 만든 산책로가 보인다. 이곳에 들를 때마다 한 번 올라가 봐야지 생각만 하고 실천으로 옮기지 못했다. 함께 커피를 마시고 나온 이들도 똑같은 마음이었다며 가보자고 한다.

입구에 꽂힌 푯말에는 '걸미산 녹색나무 숲'이라고 쓰여 있다. 20년을 넘게 이곳에 살았어도 걸미산이란 이름을 처음 알았다. 원래 이 산은 무·유연 묘 약 90기가 있는 공동묘지였다고 한다. 거기에다 용도 폐지된 구거의 폐수로가 산 옆을 지나고 있어 벌레가 서식하고, 생활 쓰레기 및 무분별한 경작으로 진천 시내 경관을 훼손하는 등 버려진 민둥산이었단다. 그런 곳을 산림청 산하 '녹색사업단'의 기금을 지원받아 지역사회 나눔 숲을 조성하게 되었다. 그 결과 지역주민들이 이용할 수 있는 쾌적한 녹색 쉼터로 변했다.

올라가는 길은 두 갈림으로 되어 있다. 왼쪽은 데크로 만든

계단식이고 오른쪽은 시멘트로 덮은 길이 경사지게 되어 있다. 회색빛으로 깔린 길옆으로 만개한 노란 금계국이 한들거리며 유혹하는 몸짓에 저절로 발길이 오른쪽으로 향한다. 꽃을 마주 대하니 '상쾌한 기분'이란 꽃말처럼 머리가 맑아지는 느낌이다. 지인은 꽃차로 만들어 마실 수 있다며, 언젠가 꽃잎을 띄워 마신 차가 이 꽃이었다고 전한다. 노란 꽃잎과 눈을 맞추며 걷다 보니 어느새 정상이다.

그곳에 우뚝 솟은 정자가 고즈넉하다. 시원한 바람이 불어오는 읍내 쪽을 내려다보았다. 순간 눈이 휘둥그레졌다. 바로 앞에 많은 아파트가 단지를 이루고 있고, 작은 건물들이 사이사이에 비좁은 듯 몸을 웅크리고 있다. 몇십 년 동안 15층 아파트에 살면서 멀리 내려다보았던 읍내의 모습이 아니다. 큰 건물들이 들어서 있는 것이 꼭 신도시 같다. 멀리서 보는 것과 가까이 보는 차이도 있겠지만 눈에 익지 않은 낯선 마을의 모습이다. 정녕 이곳이 내가 살면서 누비고 다니던 동네가 맞나 싶을 정도다. 우리 집 방향에서 45도 정도 기울어진 각도에서 보았을 뿐인데 이렇게 다른 그림이 나온다는 것이 신기하기만 하다.

멀리서 보지 못한 것을 가까이 다가서야 보고 느낄 수 있는 것처럼 어느 시선에서 보느냐에 따라 건물도, 사람도 달라 보이는 것 같다. 사람 관계에서도 앞에서 보는 모습과 뒤에서 보는 모습이 다를 때가 있다. 남들 앞에서는 배려 있고 다정한 사람이지만 뒤에서는 그렇지 못한 사람들이 있다. 정치인을 바라볼 때도 어떤 생각과 시선으로 보느냐에 따라 비판도 하고 흠모도 한다. 그러면서 서로가 다른 이미지로 기억한다. 세상 살아가면서 한 방향을 보기보다는 여러 방향에서 보는 시선을 키워야 함을 느낀다. 넓은 시야를 가지고 조금은 멀리, 때로는 가까이 조절하며 삶의 운전대를 잘 잡고 가야겠다.

한 줌의 재

지난해 여름이 폭염의 난이었다면 올해는 홍수의 난이다. 유월에 시작된 굵은 빗줄기가 팔월 중순까지 연일 쏟아져 내렸다. 그 많은 물줄기가 어디서 생겨난 것인지, 하늘에 큰 구멍이라도 난 것일까. 산은 힘없이 무너져 내려 도로와 집들을 덮치고 곳곳의 마을을 물바다로 만들었다. 갑자기 불어난 물의 공격에 인명 피해뿐만 아니라 축사에 있던 소와 돼지들도 눈앞에서 속절없이 급류에 휩쓸려갔다. 산에 있는 시부모님의 산소는 괜찮을까 걱정되었다.

퍼붓던 비가 며칠 잠잠하다. 토요일 오후, 예정에 없던 벌초를 하러 갔다. 다행히 무너져 내린 곳은 없고 여러 잡풀만이 산소를 에워싸고 있다. 남편은 밑에서부터 예초기로 풀을 깎으며 올라갈 테니 나에게 산소 주변에 있는 큰 풀들을 뽑고 있으라고 한다. 허리까지 올라온 풀을 하나하나 부여잡고 끌어올렸다. 순순히 뽑히는 놈들보다 완강히 버티며 힘겨루기를 하자는 놈들이 더 많다. '네가 이기나 내가 이기나 한번 해보자.' 오기가 난 내 입에서는 "우흡" 하는 소리가 절로 새어 나온다. 줄기를 한 바퀴 휘돌려 감아 손안에 꽉 잡은 다음 순간의 힘을 발휘해 있는 힘껏 잡아당겼다. 텃세를 부리듯 빠득빠득 버티던 놈의 실체가 여지없이 드러난다. 햇빛과 첫 상봉에도 아랑곳하지 않고 억울한 듯 몸을 비틀고 엎어져 있다.

웬만한 풀들을 뽑고 나자 줄기가 내 팔뚝만큼 굵어진 일곱 그루의 나무가 제 모습을 드러낸다. 영산홍이다. 새순들이 까치발을 들고 삐쭉삐쭉 올라서서 키 재기를 하고 있다. 이십 년이 넘어 내 키를 따라잡은 나무의 머리숱을 두 팔을 들어 쳐내려니 어깨서부터 팔까지 뻐근하다. 전지가위를 잡은 손바닥도 얼얼하다. 일곱 그루 중 반도 자르지 못하고 주저앉아 버렸다. 앞쪽에 서 있던 남편이 빙그레 웃으며 엄지척을 한다. 눈을 흘기며 깔끔하게 단장된 나무를 올려다보니 제법 컸다고 그늘이 되어 준다.

나무가 이렇게 클 동안 꽃이 핀 것을 본 적이 있던가. 아니 한 번도 없다. 매번 명절을 앞두고 벌초만 하러 왔었지, 정작 꽃 피는 사오월에는 찾아온 적이 없다. 미안함에 슬그머니 내려놓았던 전지가위를 다시 집어 든다.

남편은 백 평 정도 되는 곳을 예초기로 다 깎고 그 풀들을 갈퀴로 긁어모은다. 힘에 부치는지 가쁜 숨을 내쉬며 몇 번을 앉았다가 일어선다. 낼모레면 환갑인 나이를 속일 수는 없나 보다.

옆에서 거들어 주는 아들이라도 있다면 좋았을 텐데, 모처럼 두 딸이 집에 있지만 따라나서지 않았다. 그렇다고 강요할 수 없다. 요즘 젊은 세대들은 벌초는 물론 제사와 전래의 풍습에도 그다지 호감을 보이지 않는다. 고향에서 살지 않는 2세들에겐 어쩌면 당연한 일인지도 모른다. 그러니 차후에 관리를 제대로 한다는 보장도 없다.

벌초를 기피하는 세태가 확산되면서 매년 명절마다 벌초 대행 서비스가 성행하고 있다. 업체는 벌초 날짜를 정해 예약금을 받고 일정을 협의한다. 그러고는 작업 전, 후 사진을 찍어 메시지로 보내면 의뢰인은 확인 후에 정산해 준다. 정기적으로 매년 몇 회로 묘지 관리 및 보수를 해주기도 한다. 그마저도 힘든 이들은 묘지 전체를 아예 시멘트로 싸 바르고 남의 시선을 의식해 봉분을 초록색 페인트로 칠해 위장한다.

몇 해 전, 홀로 산속에 계시던 친정엄마를 아버지가 계신 납골당으로 모셨다. 자그마치 15년 만에 이루어진 부부 상봉이다. 거리가 멀어 자주 가지 못했는데 근처 납골당에 모시니 자주 찾아갈 수 있고 모든 면에서 편하다. 방치하는 것보다 오히려 납골당을 택하는 것이 더 바람직한 것 같다.

어떤 이들은 살아 있을 때의 삶이 중요한 것이지, 죽어서 무슨 흔적을 남길 필요가 있냐고 한다. 그렇지만 남겨진 자식들이 힘들고 외로울 때 찾아가 기대고 쉬어갈 수 있다면 흔적을 남기고 가는 것도 좋지 않을까 싶다.

　지금까지 조상의 묘를 살피고 돌보던 국민적 풍속이 언제까지 이어질지 모른다. 우리 후손들의 인식이 변하고 장례문화가 변하고 있다. 이제 매장보다는 화장이 대세다. 인생의 결말은 한 줌의 재라더니 정말 재로 남는 것이 자연의 법칙인가 보다. 국토는 그대로인데 매장이나 납골에 필요한 묘지 면적은 계속 확대됨에 따라 수목장과 자연장이 등장했다. 수목장은 주검을 화장한 뒤 뼛가루를 나무뿌리에 묻는 자연 친화적 장례 방식이다. 일반적으로 소나무가 가장 많이 사용되고 있는데 사계절 내내 늘 푸르름을 유지하기 때문이란다. 또한 자연장도 나무, 화초, 잔디 주변에 묻는 친환경 장례법이다.

　죽음을 맞은 우리 몸은 한 줌의 재가 되어 시간의 흐름에 따라 분해되고 흩어져 본래의 자연으로 돌아가는 것이 자연의 이치 아닌가. 사후에 자연과 하나 되는 수목장으로 흔적을 남기며 흙으로 돌아가고 싶다.

자격증의 무게

　노노 간병 시대다. 고령화가 급속히 진전되면서 노인이 노인을 돌보는 것을 의미한다. 2020년 보건복지부의 노인 실태 조사에 따르면 주로 집에서 간병하는 사람은 배우자, 딸, 아들, 며느리 순으로 나타나 자식보다는 배우자로부터 간병 받고 싶어 한단다. 앞일을 대비해 요양보호사 자격증을 미리 취득하는 것이 좋을 것 같았다. 일정 기간의 교육을 받고 국가시험도 치른다.

　첫 수업 하는 날, 설레는 마음을 안고 강의실에 들어섰다. 책상은 다섯 줄로 길게 나열되어 있고 간격도 넓게 뚝 떨어져 있다. 40명이 넘어야 할 교육생들이 코로나 때문에 20명만이 교육을 받는다. 먼저 온 이들에게 어설픈 인사를 하고 앞쪽 자리로 가서 앉았다.

　원장의 인사말과 함께 각자 소개 시간이 주어졌다. 한 명씩 앞으로 나가 나이와 직업, 참여하게 된 사연을 이야기한다. 내 나이 오십 중반보다 어린 사람은 서너 명밖에 없고 다들 육십이 넘었다. 남자 어르신도 네 명이나 된다. 부인이 치매에 걸려서, 어머니를 간병하기 위해, 또 부부가 함께 자격증을 취득하려고 온 경우도 있다. 제일 나이 어린 사십 대 주부가 남편이 아파서 오게 됐다고 하자 다들 안쓰러워한다. 이런저런 이야기에 공감하면서 한 달 동안 이끌어 나갈 반장과 총무를 선출한다. 이로써 요양보호사 제21기 교육생들이 한 팀으로 결성되었다.

이론 80시간, 실기 80시간, 실습 80시간이 우리에게 주어진 교육이다. 실습은 거리 두기로 외부 기관을 가지 못해 교육원에서 비디오 상영으로 대체한다. 여러 명의 강사가 돌아가며 50분 강의를 하고 십 분간 휴식이다.

쉬는 시간은 금쪽같다. 자리에서 일어나 굳어 있던 자세를 풀거나 휴게실에 몇 명씩 나누어 앉아 서로에 대해 알아가는 수다가 이루어진다. 간식을 풀어 놓자 환호성을 지르며 모여든다. 옥수수를 한 보따리 쪄 오기도 하고 긴 가래떡을 두 박스나 들고 와 떡 파티를 하기도 한다. 다들 손이 큰 언니들 때문에 살이 찌고 있다면서도 먹는 것을 멈출 수가 없다. 처음에는 어색했던 이들이 점점 정겨워지면서 웃음이 끊이질 않는다.

2025년도에는 전체 인구 대비 65세 이상 노인 인구가 20% 이상인 초고령 사회에 진입한다고 한다. 고령화 사회에서 배우고 익혀야 할 것들이 두꺼운 책 속에 기록되어 있다. 질병에서부터 임종, 영양 관리, 도움의 손길까지 막연히 알고 있던 것보다 잘 몰랐던 부분이 더 많다. 요양 등급에 따른 제도가 마음의 안정을 주면서도 치매를 대할 때는 가슴이 먹먹해진다.

실습 대체인 비디오 영상에서 치매로 요양원 생활하는 분과 가정에서 지내는 분들로 나누어 보여준다. 서너 명씩 한방에서 지내는 어르신들은 서로 의지하면서 싸우기도 한다. 보고 싶은 자식을 자주 못 봐서 아쉬움은 많지만 말동무와 함께 사니 좋다고 하신다. 가정에서는 딸이나 며느리의 간병을 받으며 생활한다. 서로의 얼굴을 바라보며 웃고, 딸의 손을 잡고 산책하는 풍경은 흐뭇하고 마음까지 따뜻해진다. 그러면서도 가슴 한쪽이 아려온다. 긴 병에 효자 없다고 하지 않던가. 남의 일이 아니다. 미래의 내 모습을 상상해 본다.

240시간의 교육이 끝났다. 하루 8시간씩, 꼬박 30일이 걸렸다. 요양보호사 국가 자격 시험은 일 년에 네 번, 90분간 치러진다. 총 80문제로 이론 60점, 실기 60점이면 합격이다. 우리 제21기 교육생 스무 명 중 한 명만 빼고 모두 합격이다.

요양보호사란 직업은 봉사 정신이 없으면 일하기 힘들다고 한다. 신체적, 정신적으로 아픈 노인을 돌본다는 것이 그리 쉽지 않기 때문이다. 교육생 중에는 자격증을 취득하고 이 직종에서 일할 분도 있겠지만 대부분 가족을 위해 준비하는 이들이 더 많은 것 같다.

65세 이상 노인 인구는 매년 연평균 4%이상 꾸준히 증가하고 있단다. 그러다 보니 아이들이 뛰어놀아야 할 어린이집이나 유치원은 문을 닫고, 어르신을 보살피는 요양기관으로 바뀌고 있는 추세다. 노인 인구 1천만 명 시대를 앞둔 우리 사회의 단면이다.

노노 간병의 원인은 '고령화, 1인 가구 증가, 장기 요양 서비스의 부족'이라 말한다. 부모나 자녀 모두에게 심각한 영향을 미칠 수 있는 사회문제다. 해결하기 위해선 정부, 가족, 사회가 함께 노력해야 할 것이다. 요양보호사 자격증이 무겁게 느껴진다.

사고가 모이면

사고는 순간이다. 전혀 예측하지 못한 찰나에 일어난다. 지난해 2월과 11월, 나는 두 번의 교통사고로 입원했다. 눈이 오는 출근길과 비가 내리는 퇴근길에 일어난 아찔한 사고였다. 두 번째 사고가 나고 일주일 뒤 남편이 다쳐 응급실로 실려 들어갔다.

고소 작업대 렌털 밑에 깔려 고관절이 빠지고, 발목 인대 파열 등 일곱 군데를 크게 다쳤다. 급히 고관절을 맞추고 힘줄이 끊어진 왼쪽 어깨를 수술했다. 그러고는 팔, 다리 허리 등 몇 군데 깁스와 교정 기구들로 몸을 휘감았다. 그 상태로 보름 동안은 소변 줄을 꽂고 꼼짝없이 침대에 누워 있어야 한다면서 두 달 정도 더 입원해서 치료받으란다.

지금까지 살면서 남편의 사고는 처음이다. 현장에 함께 있던 그의 동료는 상반신이 아닌 하반신 쪽으로 기계가 덮쳐서 천만다행으로 살았다고 한다. 그 얘기를 듣고 며칠 동안은 안방에 들어가질 못했다. 덩그러니 놓인 빈 침대를 보는 것이 겁나고 무서웠다. 남편은 늘 침대에 누워 텔레비전을 보다가 잠이 들곤 했다. 언제나 아무 일 없이 내 옆에 있어줄 줄 알았다. 새삼 그의 빈자리가 너무나 크게 와닿는다. 남편이 다친 날은 결혼 29주년 기념일이었다. 그래서인지 자꾸 미안하다고 한다. 그런 그를 다독이면서 매주 한 번 코로나 검사를 하고 매일 병원과 집을 오고 갔다.

설날을 앞두고 두 달여 만에 남편이 돌아오자 썰렁했던 집안에 온기가 돈다. 오른쪽 다리를 심하게 절뚝거리고 빨리 걷지 못하지만 그래도 다행이다. 적어도 4개월 동안은 재활치료를 받아야 한다. 명절날, 퇴원한 아빠를 보기 위해 큰딸과 예비 사위가 다녀갔다. 결혼식을 한 달 앞두고 있다. 남편은 예식장에 딸의 손을 잡고 들어가기 위해 열심히 치료받겠노라고 약속했다. 아픈 그의 모습을 보면서 잘해주지 못한 일들이 자꾸 떠오른다.

남편에게 무심한 적이 많았다. 직장 다니며 뒤늦은 대학교 공부를 한다고 유세를 떨었다. 집안일도 나 몰라라 하면서 내 생활에만 집중했다. 특히 나를 붙잡고 말을 걸면 듣는 둥 마는 둥 하며 흘려들었다. 언제나 묵묵히 지켜봐 주고 많이 배려해 주었다는 것을 이제야 깨닫는다.

남편이 재활치료를 받는 동안 혹시나 자책하고 무기력해질까 봐 걱정되었다. 오전에 병원 치료를 받고 나면 오후에는 집에만 있게 된다. 운동 삼아 할 일이 뭐가 있을까 곰곰이 생각해 보았다. 문득 집을 지으려고 사 놓은 땅에 컨테이너 하나가 방치된 것이 떠올랐다. 땅을 사면 자기 손으로 직접 집을 짓겠다던 남편이다. 그에게 컨테이너를 카페처럼 잘 꾸며서 글도 쓰고 책도 읽을 수 있는 내 공간으로 만들어 달라고 했다.

남편은 매일 병원과 컨테이너를 오가며 바쁜 하루를 지내면서 수시로 공사 현장을 사진으로 찍어 내 휴대폰으로 보내왔다. 자재 종류나 색깔 등 까다롭게 구는 내 취향 때문이다. 어느덧 4개월의 재활치료가 끝이 나면서 6평짜리 아담한 작은 펜션도 완성되었다. 남의 손 빌리지 않고 끝까지 공사를 마무리 지은 남편이 대단하고 존경스럽다. 그는 매일 지인들을 불러들여 집안과 밖을 보여주면서 자랑하기 바쁘다. 뿌듯해하며 활짝 웃는 그의 모습을 보니 코끝이 시큰해진다. 심하게 절룩거리던 걸음걸이는 사고 전 모습으로 돌아왔지만, 계단을 오를 때는 힘겨워하고 평생 쪼그려 앉지 못하는 장애로 남았다. 수술한 어깨도 날씨가 궂으면 쑤시고 아프다고 한다. 그래도 이만하길 천운이라고 생각한다.

1920년대 미국의 보험회사 직원이었던 하인리히가 5,000건의 사고를 분석하여 재해 발생비율에 대한 하나의 법칙을 발견했다고 한다. '하인리히 법칙 또는 1:29:300 법칙'이라고 부른다. 이것은 330건의 사고가 발생하면 '1건은 중대 사고', '29건은 경상해 사고', '300건의 무상해 사고'가 발생한다는 것이다. 이

법칙에서 중대 사고는 우연히 또는 어느 순간에 갑작스럽게 일어나는 것이 아니다. 그 이전에 반드시 경미한 사고들이 반복되는 과정에서 일어난다는 이야기다. 그래서 '안전 관리의 지름길'은 이런 경미한 사고를 관리하는 것이 큰 사고를 방지하는 것이라 한다.

일상생활에서도 마찬가지다. 경미한 사고가 모이고 모이면 결국 큰 사고로 이어질 수밖에 없다. 작은 사고가 났을 때 이를 빨리 인지하고 경각심을 가져 꼭 실천으로 옮겨야 한다.

사고 이후 우리 부부는 많은 것이 달라졌다. 데면데면했던 사이에서 먹는 약도 챙겨주고, 하루에도 몇 번씩 내가 먼저 연락해 그의 안부를 확인한다. 전화기 너머에서 들려오는 남편의 목소리가 우렁차다.

chapter - 2

사랑꽃

우리 엄마는 무슨 꽃을 좋아하셨을까 생각해 보니 채송화가 떠오른다. 해마다 집 근처나 장독대 둘레에는 색색의 채송화가 넓게 터를 잡고 있었다. 그곳에 쪼그려 앉아 밝게 웃는 엄마의 모습이 보인다.

　어버이날 카네이션도 좋지만 평소 부모님이 좋아하는 꽃을 드려보는 건 어떨까. 오늘따라 그리움이 더 사무친다.

만두

설 명절을 앞두고 있다. 시부모님이 안 계시고 남편도 외아들이라 명절 때마다 집에 찾아오는 시댁 형제나 친척은 없다. 두 딸아이와 남편이 조촐하게 지낸다.

차례상은 지역과 가정마다 조금씩 다르다. 밥 또는 떡국으로 지내는 집이 있고 떡만둣국을 올리는 경우도 있다. 우리 집은 떡만둣국이다. 만두 만드는 것이 힘들고 손이 많이 가지만 해마다 직접 만들어 상에 올린다. 남편은 김치냉장고에서 김치를 꺼내 종종 썰어 다지고, 데친 숙주나물과 삭힌 고추도 잘게 다져 두부와 함께 물기를 꼭 짠다. 손목이 약한 나를 위해 몇 년 전부터 썰고 다지는 것을 도맡아 해준다.

물기를 짠 재료들을 큰 양푼에 담아 돼지고기 간 것과 마늘, 고춧가루, 후추, 참기름을 넣고 잘 버무린다. 여기에 빠질 수 없는 우리 집만의 비법이 있다. 바로 라면 부셔 넣기다. 친정엄마는 항상 당면 대신 라면을 잘게 부셔 넣었다. 김치 만두소의 남은 물기를 라면이 흡수하기 때문에 재료를 꼭 짜지 않아도 된다는 것이다. 그래서인지 만두가 질척이지 않고 보슬보슬 깔끔하다.

만두소가 다 되면 냉장고에 미리 숙성해둔 밀가루 반죽을 꺼낸다. 친정아버지는 홍두깨가 있어도 항상 빈 소주병을 사용해 만두피를 만드셨다. 어느샌가 나도 병으로 밀고 있다. 만두피가 몇 개 만들어지면 두 딸은 만두 빚기에 들어간다. 아이들과 함께하다 보니 어릴 적 부모님과 만두 만들던 기억이 떠오른다. 엄마는 만두를 좋아하지 않았지만 아버지가 좋아한다는 이유로 자주 했다.

아버지는 만두피 담당이다. 언제나 동글동글하고 예쁘게 잘 만드셨다. 쟁반 위에 동그란 만두피가 던져질 때마다 우리는 하나씩 집어 속이 빵빵하도록 만두소를 듬뿍 담아 빚었다.

만두가 한 상 가득 차면 엄마는 찜 솥에 넣고 찌기 시작했다. 만들다가 김이 모락모락 나는 찐 만두를 내오면 우리 오 남매는 빨리 먹기 내기라도 하듯 입안으로 집어넣기 바빴다. 언제 먹어도 꿀맛이었다. 그 맛이 그리워 이것저것 양념을 넣고 몇 번을 도전해 보았지만 늘 뭔가 부족하다.

'무엇이 빠진 걸까!'

동생들은 그나마 내가 만든 만두가 엄마 맛과 비슷하다며 해마다 언제 할 거냐고 아우성이다.

요즘은 직접 만들지 않고 가게에서 산 만두로 차례상에 올리기도 한다. 맛도 좋다. 참 편리하고 좋은 세상이다. 하지만 한자리에 모여 만두를 만들면서 소통과 우애를 다지는 기억까지 살수는 없으리라. 바쁘게 돌아가는 세상 때문이라 생각하지만 조금은 쓸쓸하고 삭막한 느낌이 든다. 어린 시절 온 식구가 모여 앉아 하하 호호 이야기보따리를 풀면서 만두 빚던 기억이 아득하다.

올해는 시댁과 처가에 다녀오는 동생들을 위해 많이 만들어 두었다가 집에 돌아가는 길에 한아름씩 챙겨 보내야겠다.

엄마의 자리

"엄마, 나 손가락 부러졌대!"

큰딸아이 전화에 쿵 하고 가슴이 내려앉는다. 금요일에 회사 체육대회를 한다고 했다. 집에 와서 보니 손가락이 붓고 스치기만 해도 아프다고 한다. 일곱 시가 넘어 동네 병원은 이미 문을 다 닫았단다.

다음 날 딸아이는 서울에 볼일이 있어 올라갔다가 문 열린 병원에서 진료를 받았는데 손가락이 부러졌다는 것이다. 빠른 시일 안에 수술해야 한단다. 직장에서 손가락 전문병원을 알선해 바로 수술 날짜를 잡았다. 퇴근 후 대전에 있는 딸 집으로 갔다. 이십 년을 넘게 키우면서 가벼운 사고조차 없던 아이다. 난생처음 수술해야 한다는 소리에 울었다면서도 내 앞에서는 담담한 모습을 보인다.

아침을 거른 채 아이와 함께 간단한 짐을 챙겨 병원으로 향했다. 입원 수속을 마치고 환자복 입은 모습을 보자 눈물이 핑 돌아 나도 모르게 뒤돌아섰다. 시간은 정해져 있지 않고 접수 순서대로 수술해야 한다며 병실에서 대기하란다. 세 시간이 지나자 수술실로 부른다. 다행히 절제하지 않고 초음파를 이용해 철심 두 개를 박는다. 30분 뒤 마취가 풀리지 않은 오른손에 팔걸이 보호대를 걸치고 나오면서 아이는 아무 통증이 없다며 히죽히죽 웃는다.

4인 병실 창문 쪽에 붙은 보호자 자리는 입구와 마주 보게 된다. 보지 않으려 해도 딸과 함께 있는 환자들을 지켜볼 수밖에 없다. 바로 옆에 아주머니는 손부터 팔꿈치까지 석고붕대를 하고, 맨 끝 입구 쪽 침대에 있는 육십 대 어르신은 발목에 깁스를 했다. 빈 침대였던 가운데 자리에 오십 대 후반으로 보이는 이가 손가락이 절단되어 들어왔다. 옷을 갈아입자마자 바로 옆방 수술실로 들어가더니 두 시간여 끝에 돌아와 미동 없이 누워 있다.

아이는 서서히 마취가 풀리는지 자꾸 아프다며 인상을 쓴다. 작은 손가락에 철심 두 놈이 들어가 자리싸움하고 있으니 왜 안 그렇겠는가. 당장은 쫓아낼 수도 없고 진통제로 그 고통을 다스릴 수밖에 없다. 지켜보는 내내 안쓰럽다.

시끌벅적한 소리에 고개를 들었다. 조금 전 손가락 봉합수술을 한 아주머니의 가족과 지인이 한꺼번에 들어왔다. 많은 이야기가 오고 가더니 이내 썰물처럼 병실을 빠져나간다.

밤이 되자 오는 사람도 없고 조용하다. 간호사만이 분주하게 복도를 오고 간다. 잠깐 잠이 들었는데 억억거리며 토하는 소리에 눈이 떠졌다. 봉합 수술한 아주머니였다. 항생제가 독해서인지 계속 토하자 근처에 있던 간호사가 뛰어 들어온다. 주사액을 투여하자 진정되었는지 긴 한숨을 내쉰다. 옆에 있던 어르신들은 그 광경을 보고 "보호자가 있어야 하는데…." 하며 가여워한다.

식사할 때도 문제다. 침대 테이블까지는 주방 아줌마가 식판을 가져다주지만, 다 먹은 것은 지정된 장소에 있는 식판 수거용 카트 안에 넣어야 한다. 발에 깁스한 어르신은 휠체어를 타고 무릎에 올려서 가져다 놓을 수 있다. 다른 두 분은 한 손은 깁스해서 들 수 없고 반대 손은 링거 걸이를 끌고 가야 하기 때문에 어려운 상황이다. 병실에 보호자는 나 혼자이니 외면할 수 없어 식사 때마다 그 일을 자청했다.

잠이 깬 세 분은 병실에서 얼마 동안 있었으며, 퇴원은 언제할 수 있는지 이런저런 이야기를 주고받는다. 그러다 오늘 봉합 수술한 아주머니가 속엣말을 꺼낸다.

"부모는 자식이 다치면 무조건 달려와 옆에 있는데 자식들은 그러지 않는다고, 그렇다고 연차 쓰고 간병하라는 소리는 더 못하겠다."라고 한다. 다친 게 미안하고 직장 다니는 자식에게 혹여 피해라도 갈까 봐 간병 필요 없다. 괜찮다, 괜찮다 했단다. 부모 마음은 다 그런가 보다.

이십여 년 전 돌아가신 친정엄마도 그랬다. 골반뼈를 다쳐 꼼짝 못 하고 누워 있던 엄마는 아버지가 있으니 괜찮다며 아이들이나 잘 챙기라고 했다. 초등학교를 갓 들어간 큰손녀를 맡길만한 곳이 없다는 것을 알고 하신 말이다. 하지만 맏딸인 나는 아버지에게만 맡길 수가 없었다. 그렇다고 버스로 세 시간이 넘는 거리를 왔다갔다 하기도 난감했다. 생각 끝에 우리 집에서 가까운 청주병원으로 가자고 했다. 주말이라 의사가 없어 월요일 날 보기로 하고 집으로 돌아왔다. 다음날 친정엄마는 패혈증으로 급히 앰뷸런스를 타고 서울 큰 병원으로 옮겨갔지만 끝내 하루를 넘기지 못하셨다.

'그렇게 오는 것이 아니었는데, 옆에 있었어야 했는데….'

그것이 뼈아픈 후회가 되었다. 왜 모든 건 때가 늦은 다음에야 깨닫게 되는 것인지.

진통제를 맞고 곤히 자고 있는 큰딸의 얼굴을 들여다본다. 지금 이 아이 곁을 지킬 수 있는 엄마이기에 좋다.

사진

사진 하나가 나를 맞이한다. 아버지 납골함 옆에 놓인 가족사
진이다. 아버지는 뼈만 앙상하게 남은 모습으로 아들 옆에 힘겹
게 서 계신다. 양쪽 볼은 푹 패이고 눈은 움푹 들어간 모습이
사람의 형상이 아니다. 그뿐 아니라 반팔 티셔츠 사이로 보이는
팔뚝의 힘줄은 튀어나올 대로 튀어나와 그물처럼 보인다. 자주
보는 사진인데도 볼 때마다 왜 이리 숨이 멎듯 가슴이 미어지는
지….

막내 남동생의 첫아이 돌잔치 때다. 아버지는 몸도 제대로 가
누지 못하면서 돌잔치에 꼭 가야 한다고 억지를 부리셨다. 아산
에 있는 아버지에게 목포는 멀고도 힘겨운 거리다. 자식들이 모
두 만류했지만 고집을 꺾을 수 없었다. 할 수 없이 의사의 소견
을 듣고 상비약을 챙겨 큰아들 내외와 KTX를 타셨다.

돌잔치를 하는 내내 연신 흐뭇한 미소를 지으며 지켜보셨다.
막내아들이 가정을 꾸리고 사는 모습이 대견했나 보다. 우리는

아버지가 쓰러질까 봐 노심초사했는데 다행히 기분이 좋아서인지 마지막 순서인 단체 가족사진까지 찍었다. 나중에 안 일이지만 집으로 돌아가는 기차 안에서 아버지가 저혈당으로 온몸을 떨어서 동생 부부는 기겁했단다. 사이다를 먹이고 담요로 온몸을 꽁꽁 싸매서 혈압을 올리느라 난리가 아니었다고 한다. 아찔하고 가슴 철렁한 그 일을 넘기고 일 년을 더 사셨다.

아버지를 납골당에 안치했다. 부부가 함께 들어가는 곳에 아버지가 먼저 자리를 잡았다. 오래전에 돌아가신 엄마는 생전에 살았던 마을 공동묘지에 계신다. 함께 납골당에 모시려 했지만 사정이 여의치 않았다. 돌잔치 때 찍은 가족사진을 유물함 옆에 놓았다. 살아생전 마지막 흐뭇한 모습의 사진이라 놓아드렸지만 볼 때마다 마음이 아프다.

남편은 매번 우는 내가 안쓰러웠는지 부모님 두 분만 찍은 사진을 앨범에서 찾더니 사진관에서 작게 축소시켜 여러 장을 뽑아왔다. 오십 대인 딸보다 젊은 엄마와 아버지 모습이다. 결혼하기 전 동네 사진관에서 찍어 드렸던 사진이다. 두 분이 나란히 앉아 먼저 한 컷을 찍고 부모님 뒤로 5남매가 배경처럼 서서 찍었다. 사진 속 아버지는 술을 좋아했지만 건강하셨고, 엄마는 곱게 화장하고 내가 사준 새 옷을 차려입은 모습이다. 그때만 해도 팔십이고 구십이고 오래오래 사실 줄 알았는데….

명절날 아버지를 뵈러 갔다. 눈물을 보이자 옆에 있던 딸아이

사진 63

가 "또 운다, 또 울어!" 하며 찔찔이라고 놀려댄다. 울긴 누가 우냐며 눈물을 찍어낸 손수건에 아버지 살아생전 모습이 묻어난다.

빈자리

쓸쓸한 가을바람이 코끝을 스치며 두 눈을 시리게 한다. 아버지가 돌아가신 후 첫 번째 맞는 명절이다. 옆집 친구는 오늘은 시댁, 내일은 친정 간다고 바쁘게 준비한다. 그 모습이 부럽기만 하다. 난 부모님을 볼 수 없다는 마음에 눈물이 고인다. 오래전 엄마는 사고로 입원하신 지 일주일 만에 갑자기 패혈증으로 가셨고, 홀로 10년을 우리 옆에 굳건히 계시던 아버지마저 돌아가셨다.

지난 추석 때가 생각난다. 명절날이 되면 아버지는 100원짜리 동전 주머니부터 챙기고 오 남매가 모이기를 기다린다. 저녁때가 되어 한 명, 두 명 다 모이면 화투와 판을 들고 슬그머니 내 옆자리에 앉으면서 "선수들 집합" 하신다. 그러면 각 집 대표가 옹기종기 모여 앉는다. 고스톱을 시작한 지 한 시간, 두 시간…. 시간이 길어지자 동생들은 아버지는 편찮으시면서 체력도 좋다며 한 명씩 퇴장한다.

아버지는 돌아가시기 9년 전부터 간암과 고혈압, 당뇨 판정을 받고 계속 투병 중이셨다. 당뇨 때문에 수술하지 못해 색전술을 여러 번 했다. 색전술이란 혈관에 항암제를 투여하고 혈류를 차단하여, 정상적인 간 조직의 손상을 줄이면서 암세포를 선택적으로 파괴 시키는 치료법이다. 나중에는 색전술도 안 돼 다른 방법인 고주파 온열 암 치료를 계속했다. 열에 약한 암세포의 특징을 이용한 치료법이다. 효과는 바로 나타나지 않는다. 한 달 뒤에 암세포가 보이지 않으면 3개월 뒤에 점검받으면 되지만 상태가 그대로면 다시 반복해야만 한다. 저혈당으로 쓰러지고 치료를 여러 해 하다 보니 몸은 점점 야위어 가고 기력도 많이 떨어졌다.

끄떡없이 밤새도록 치던 고스톱도 갈수록 힘에 겨워하셨다. 몸은 아프지만 자식들과 함께할 수 있는 놀이고, 낙이신 것을 맏딸인 나는 알기에 자세를 가다듬고 다음 판을 돌리고는 했다.

명절날, 친정인 남동생 집에 들어서니 늘 보이던 아버지의 모습은 보이지 않고 조카들만 반갑게 달려든다. 연례행사로 치렀던 고스톱판은 사라지고 대신 아이들의 재롱과 웃음이 내 마음의 빈자리를 차지한다. 그래도 채워지지 않는 한쪽 어딘가의 시린 마음은 어쩔 수가 없다.

사랑꽃

카네이션 꽃다발과 카드 두 개가 거실 탁자 위에 얌전히 놓여 있다. 빨간색과 초록색 중 빨간 것이 내 것인 것 같다. 늦은 밤 작은딸이 슬그머니 놓고 잠자리에 들었나 보다.

아이가 어릴 적에는 색종이로 고이고이 꽃을 접어 내 가슴에 달아주고는 했다. 조금 더 커서는 주름 종이를 이용해 꽃잎을 겹겹이 붙여서 생화처럼 예쁘게 만들기도 했다. 그리 표현해주는 딸들이 내 삶의 심지가 되어 주었다. 나도 엄마에게 이런 딸이었을까. 기억이 어렴풋하다.

열두 달 중 5월은 카네이션이 어느 꽃보다 으뜸으로 뽑힌다. 영산홍과 철쭉이 아무리 빨갛고 하얗게 바르고 치장해도 상대가 되지 않는다. 어버이날은 부모님 가슴에, 스승의 날은 선생님 가슴에 피는 사랑꽃이다. 마주 보는 서로의 얼굴에 웃음꽃이 빨갛게 피어오른다.

자세히 들여다본 카네이션은 둥그런 모양으로 수십 개의 꽃잎이 달박달박 모여 서로를 끌어안고 있다. 녹색 잎은 서로 마주나 있고 밑받침은 있는 힘껏 꽃을 올려주면서 줄기까지 감싸 안았다. 어버이날 드리는 꽃이어서 그런가, 우리네 부모님 모습처럼 보인다. 자식을 부둥켜안고 험한 세상에 노심초사하며 뒤에서 밀어주고 포용하는 것 같다. 주름진 꽃잎은 살아온 세월의 흔적으로 보인다. 왜 많고 많은 꽃 중에 카네이션일까.

카네이션은 1907년 미국의 한 여성으로 인해 어머니에 대한 사랑을 상징하는 꽃이 되었다고 한다. 안나 자비스는 돌아가신 어머니를 추모하기 위해 생전에 좋아하셨던 카네이션을 가슴에 달고 다녔다. 이때부터 미국과 캐나다에서는 전국적으로 카네이션을 다는 문화가 유행했다. 매년 5월 둘째 주 일요일은 '어머니의 날'로 정해 이 전통을 이어왔다. 당시 그녀가 사랑의 순수함을 보여주고자 하얀 카네이션을 선택한 것에서 유래해 오늘날에는 살아계신 부모님께 빨간색을, 돌아가신 분에게는 하얀색을 드리게 됐다고 한다. 우리나라도 1956년 '어머니날'을 만들었다가 1973년 '어버이날'로 이름을 바꿔 부모에게 감사하는 날로 정했단다.

우리 엄마는 무슨 꽃을 좋아하셨을까 생각해 보니 채송화가 떠오른다. 해마다 집 근처나 장독대 둘레에는 색색의 채송화가 넓게 터를 잡고 있었다. 그곳에 쪼그려 앉아 밝게 웃는 엄마의 모습이 보인다.

어버이날 카네이션도 좋지만 평소 부모님이 좋아하는 꽃을 드려보는 건 어떨까. 오늘따라 그리움이 더 사무친다.

엄마를 만나러 가는 길

　명절을 앞두고 엄마를 만나러 가는 길이다. 예초기를 챙겨 새벽 도로를 달린다. 왕복 4시간 정도 걸리는 길에 혹시나 차가 밀릴까 봐 일찌감치 서둘러 나섰다. 고모에게 전화했더니 같이 가겠다고 한다. 고모는 의정부 근처 덕정리라는 곳에 홀로 사신다. 그곳에서 멀지 않은 거리에 엄마 산소가 있다.

　공동묘지로 들어가는 입구는 점점 길이 없어지고 있다. 이십여 년 전에는 작은 모래가 깔린 넓은 공터였는데 지금은 농작물과 풀들로 겨우 차 한 대만 지나다닐 수 있다. 개인 땅에 자리 잡은 산소라 이의를 제기하지 못한다. 하루라도 빨리 이장해 가기를 바라기 때문이다. 갈퀴와 전지가위를 들고 남편을 뒤따라간다. 부지런한 이들로 인해 주변 산소는 동글동글하고 깔끔하다. 한 풀더미 앞에 멈추었다.

　같이 하기로 한 동생 부부들은 아직 도착 전이다. 남편은 예초기를 들고 나에게 멀리 있으라고 하더니 허리까지 자란 풀들을 이리저리로 푹푹 쓰러뜨린다. 제법 모양이 나타나고 깔끔해져 갈 때 동생들이 왔다. 남동생은 낫을 들고 막내 제부는 내 손에서 갈퀴를 빼앗아 나동그러져 있는 풀들을 끌어모은다. 산소 양쪽에 있는 영산홍과 옥향 나무의 줄기가 여기저기로 뻗어있다. 옆에 있던 전지가위를 들고 다듬자 여동생이 한번 해보겠다며 옷소매를 걷는다.

고모는 농장 울타리 밖으로 넘어온 밤송이를 따더니 두 발로 밟고 뾰족한 나뭇가지로 열심히 깐다. 그 주위로 네 명의 조카가 올망졸망 모여 앉아 까놓은 밤톨을 한 개씩 받아 든다. 조그만 입으로 껍질을 돌려가며 벗기더니 오도독오도독 씹는다. 참으로 어여쁘다. 엄마가 살아계셨다면 이 모습을 보고 얼마나 좋아하셨을까 싶다.

잘 정리된 산소 앞에 돗자리를 깔고 과일과 포, 나물을 상석에 올려놓고 절을 했다. 예를 끝낸 후 모여 앉아 엄마와의 추억 보따리를 풀어 이야기꽃을 피운다. 그때 갑자기 여섯 살짜리 조카가 일어나더니 갈퀴를 들고 맨바닥을 긁는다. 아이 엄마는 제법 폼이 그럴싸하다며 휴대폰 카메라로 연신 찍어댄다. 부모보다 자식이 우선인가 보다. 내리사랑이라 하지 않던가. 익살맞은 표정과 포즈를 취하는 녀석의 귀여운 재롱에 다들 폭소를 터뜨린다.

고모 집에 들러 남자들이 씻는 동안 우리는 마당에 잘 키워 놓은 농작물을 구경했다. 주인은 마음껏 가져가라며 호박과 고추를 따서 건네준다. 동생 내외는 요즘 채솟값이 너무 올라 못 먹고 있었다며 욕심을 부린다. 나는 엄마가 삶아준 호박잎쌈이 생각나 연한 잎을 한 움큼 꺾어 다듬었다. 차 안에 놓고 돌아서는데 길 아래쪽에 높이 올라서고 있는 건물이 보인다. 빌라가 들어서고 있단다. 그 뒤로 우리 가족이 살았던 집이 있다. 늘 차창 밖으로 보며 지나쳤는데 오늘은 왠지 가보고 싶었다. 그동안 돌아가신 부모님 생각에 마음이 아파 외면하고 있던 집이다.

대문도 없는 마당에서 바라본 조립식 건물은 볼품없이 꾸부정하게 앉아 있다. 아버지와 동생들이 엄마와 함께 십여 년을 살던 곳이다. 나는 서울로 직장을 옮겼기 때문에 같이 살지 않았지만 첫아이를 낳고 이곳에서 한 달 동안 몸조리했다.

넓은 마당에 커다란 고무통을 몇 개씩 놓고 김장하던 엄마의 모습이 보인다. 그 옆으로 애지중지 아끼던 장독대가 있다. 해마다 된장을 담그셨다. 어느 날 고등학생인 막내 남동생이 새벽에 들어오다가 간장 항아리를 끌어안고 같이 넘어진 적이 있다. 엄마는 화가 나서 노발대발인데 간장에 젖은 아들은 히죽히죽 웃더란다.

돌아가시고 보니 손이 컸던 엄마는 간장과 된장이 담긴 큰 항아리를 세 개나 남겨 놓았다. 이모들과 나누어 가졌어도 아직 많이 남아있어 음식에 넣을 때마다 엄마 생각이 난다.

십 년이면 강산도 변한다고 했던가. 장독대 쪽으로 아버지가 가꾸던 넓은 들깨밭 자리에 대형마트가 들어앉아 손님을 받고 있다. 그 옆에 어린이집 마당 한쪽에는 작은 시소와 미끄럼틀이 아기자기하게 꾸며져 있다. 부모님과 함께했던 공간이 점점 줄어들고 있다. 언젠가는 이 집도 흔적 없이 사라지겠지…. 헌 집을 부수고 새 건물이 들어서는 건 좋은 일이지만 추억할 수 있는 장소들이 사라지는 것은 가슴이 아프다. 고향을 잃어버린 느낌이다.

　돌아오는 길, 고모 주머니에 봉투를 넣었더니 "됐다. 돈 아껴 써라." 하면서 해맑게 웃으신다. 출발하는 차창 백미러로 보니 고모는 계속 손을 흔들며 서 계신다. 자식 배웅하는 부모님 모습으로.

진천장터에 가면

시장의 아침은 여덟 시가 되기 전에 활기를 띠기 시작한다. 상인들은 각자의 물건을 꺼내 진열하면서 오늘의 꿈을 펼치기 시작한다. 신발 진열대에는 짝을 만난 신발들이 나란히 올라가 자리 잡고 있다. 부지런한 손님은 벌써 지갑을 열고 있다.

한쪽 바닥에 앉은 할머니 앞에는 나물이 수북하게 용기에 담겨있다. 가까이 다가가 살펴보니 깻잎, 달래, 미나리다. 쟁반 위에는 이름 모를 나물이 삶은 듯 동그랗고 납작하게 모둠 모둠 몇 덩이가 올려져 있다. 나를 쳐다보는 눈길에 "한 바퀴 돌고 다시 올게요." 하고 발길을 돌린다.

어디선가 달콤한 기름 냄새가 코끝으로 스며든다. 주위를 둘러보니 도넛 포장마차다. 여자 주인은 열심히 둥그런 팬을 돌리며 손님 맞을 준비에 여념이 없다. 그 앞에 채소가게 아저씨는 푸릇한 채소들을 꺼내 진열하고 물이 담긴 스프레이로 마구 분무를 해댄다. 졸지에 물벼락 맞은 애들은 온몸을 곧추세운다.

모종 판매하는 상인은 여러 품종을 시장 바닥에 쭉 깔아 놓고 손님들을 기다린다. 상추부터 시작해 토마토와 여러 종류의 고추가 이름표를 붙이고 나열되어 있다. 케이스타, 기대 만발, 녹광, 진미 등 종류도 많다. 내가 좋아하는 아삭이 오이도 있다. 신기한 이름이 많아 여기저기 둘러보고 있는데 '방울토마토'라고 쓰여 있는 이름표가 눈에 들어온다. 순간 아버지 생각이 났다. "찾는 거 있슈?" 하는 말에 고개를 들어보니 천막 안쪽에서 주인이 나를 향해 묻는다. 발길을 멈추고 쳐다보고 있으니 살 것처럼 보였나 보다.

아산에서 남동생과 사는 아버지는 아산장보다 진천 오일장이 더 크게 열린다며 장날이면 고추, 상추, 토마토 등 필요한 모종을 사 가지고 가셨다. 소일거리로 시작한 텃밭을 정성껏 일구고 계셨다. 아버지를 뵈러 가는 날이면 아침 일찍 텃밭에 심어 키운 것들을 한아름 따서 차에 실어주고는 했다.

어느 날 텃밭이 궁금해 아버지를 따라 구경을 나갔다. 도로 옆 널찍한 공터에 잘 가꾸어진 농작물이 보인다. 근처 아파트 주민들이 땅을 나누어 심은 것이라 한다. 아버지의 텃밭 자리를 묻자 앞장서며 가다가 한쪽 끝자락에 풀이 무성한 곳에서 발을 멈춘다. 호박은 큰 풀들 위에 나뒹굴고 열무 잎은 구멍이 숭숭 뚫려있다. 아버지는 약도 안 주고 키운 거라고 자랑스럽게 얘기하며 마음껏 따 가란다. 그 뒤로 큰 무더기가 보인다. 방울토마토다. 지지대를 세워 묶지 않아 옆으로 쓰러진 상태로 열매를 주렁주렁 달고 있다. 위쪽에 달린 방울토마토는 빨갛게 익었는데, 그 밑에 햇빛을 보지 못한 것은 병들어 매달려 있다.

소일거리로 하고 있지만 젊은 시절에 많은 농사를 해보신 아버지다. 아픈 아버지에게는 요 조그마한 텃밭도 힘에 겨우신 것 같아 마음이 아팠다. 남동생이 힘드니까 하지 말라고 해도 재미삼아 한다며 심고 또 심으셨다. 빨갛게 익은 방울토마토와 고추, 열무를 먹을 만큼만 따서 봉지에 담았다. 방울토마토 한 개를 꺼내 먹어보니 새콤하면서 달았다. 나무는 부실해도 맛은 제대로 들었다.

텃밭에 먹을거리가 풍성해지면 다녀가라고 전화한다. 바쁘다는 핑계로 한동안 가지 않으면 남동생을 앞세워 한 보따리를 들고 오신다. 어느 날은 큰 봉지에 파란 고추를 한가득 담아왔다. 그 많은 고추를 어떻게 해야 할지 난감했다. 생각 끝에 여러 가지 재료로 효소를 만든다는 것이 떠올라 처음으로 고추 효소를 만들었다. 먼 길 떠나신 지금에서야 그것이 아버지가 우리를 사랑하는 방법이었고 정이었음을 뒤늦게 깨닫는다.

이제는 다녀가라는 아버지의 목소리를 들을 수 없고, 방울토마토의 달달하던 그 맛도 느껴볼 수가 없다. 그렇지만 장날이면 아버지의 그림자를 본다. 순댓국 포장마차에서 막걸리를 마시고, 모종 가게 앞에서는 무엇을 살까 고민하는 아버지의 뒷모습이 보인다.

오늘도 나는 북적북적한 장터에서 아버지를 만나고 있다.

정

　친정엄마는 외가에 행사가 있으면 맏딸인 나를 데리고 다니셨다. 여러 이모와 외삼촌, 사촌들까지 얼굴을 익히며 왕래했다. 전라도에 사시는 외할머니 환갑잔치에도 어김없이 데려갔다. 동네 어르신은 나를 보더니 "네 딸이냐?" 하며 엄마에게 묻고 또 묻는다. 그럼 나는 모르는 분들에게 넙죽넙죽 인사하기 바빴다.

　엄마가 돌아가셨어도 일이 있으면 아버지를 모시고 다녔다. 장남인 남동생은 어리고 내가 그동안의 만남으로 다들 잘 알고 있기 때문이다. 그것도 엄마가 안 계시니 만나는 횟수가 점점 줄어들어 몇 년에 한 번 볼까 말까다.

　세월이 흘러 친정아버지가 아프면서 이모들과 막내 외삼촌은 나에게 자주 연락한다. 그때마다 "아버지는 좀 어떠시냐?" 하면서 안위를 물어본다. 점점 더 기력이 떨어지신다고 했더니 이모는 더 늦기 전에 한 번 모이자고 한다. 날을 잡아 아버지를 모시고 가평에서 식당을 하는 큰이모네로 갔다. 부산에 사는 이모를 비롯하여 몇몇 친인척이 오셨다. 오랜만이라며 반갑게 악수하며 반겨준다. 많은 음식을 앞에 놓고 이야기에 정신이 없다. 아버지는 "나를 보러 다들 먼 곳에서 와 줘 고맙다."라며 연신 인사한다. 모처럼 모인 자리가 좋으신가 보다.

그 모임을 마지막으로 6개월 뒤 아버지는 돌아가셨다. 이모들은 내가 잘 지내고 있는지 자꾸 전화한다. 그러면서 "이제는 네가 부모 대신이다. 동생들 잘 건사하고 지내야 한다."라며 당부한다. 부모님 두 분을 볼 수 없다는 것이 가슴 아프고 서글프지만, 이모들과 삼촌의 잦은 만남으로 허전한 빈자리가 채워져 가는 것 같다. 또 다른 정을 느끼면서 많은 위로가 된다. 부모 대신이라는 것이 이런 마음이 아닌가 싶다.

친정엄마처럼 나도 가족 행사가 있으면 두 딸을 데리고 다녔다. 시험 기간이라고 입을 내밀지만 집안 대소사가 우선이라고 원칙을 정했다. 자주 데리고 다녀서인지 동생들은 우리 아이들을 너무 좋아한다. 볼 때마다 용돈 주며 다른 조카보다 더 많이 챙긴다. 지금에서 생각하니 엄마가 어떤 마음으로 그랬는지 알 것 같다.

친척지간에도 왕래가 없으면 얼굴도 모르고 멀어지기 십상이다. 지금은 더욱 그렇다. 요즘 젊은 애들은 친척 집 가는 것을 좋아하지 않는다. 남의 집이라며 불편해한다. 명절이나 기일 때 모여 한 방에 있어도 각자 휴대폰 보느라 바쁘다. 그나마 만나기라도 하면 다행이다. 공부가 우선이라며 가족 행사는 뒷전이고 도서관으로 가 버리는 것이 다반사다.

어린 시절엔 길 가다 동네 어른을 보고 깍듯이 인사하면 "누구네 큰딸이네, 시집가도 되겠어!" 하며 뉘 집 자식인지를 척척 알아맞혔다. 그 당시에는 어떻게 잘 아는지 참 신기했었다. 그때가 그리워진다.

맏딸

　온 동네가 벚꽃 잔치로 시끌벅적하다. 작년에는 큰딸아이와 무심천으로 벚꽃 나들이를 했는데 올해는 함께 하지 못했다. 직장 다니면서 바쁜 자기 일상에 시간 내기가 힘들 것이다.

　딸아이는 고등학교 때부터 철이 들어 자기 할 일은 스스로 알아서 했다. 부모 걱정시킬 일을 만들지 않는다. 대학생이 되어서도 등록금 걱정은 하지 말라면서 장학금을 놓치지 않았다. 용돈도 아르바이트로 해결한다. 가끔 통장에 슬쩍 돈을 넣어 주기라도 하면 "뭘 이렇게 많이 줘, 조금 있으면 아르바이트 비용 나오는데" 한다. 그리 말하는 아이가 짠했다.

　가끔 편지를 써서 나를 울리기도 한다. 어버이날이었다. 출근 전 방문을 열어보니 큰딸이 곤히 자고 있다. 모처럼 집에 다니러 온 것이라 깨우지 않고 현관문을 나섰다. 퇴근해서 집안에 들어오니 썰렁한 느낌이 들었다. '아, 큰아이가 가고 없구나!' 허전한 마음에 빈 방문을 열어보고 이내 안방으로 들어섰다. 화장대 위에 분홍색 카네이션이 달린 봉투가 눈에 들어왔다. 직접 만들었나 보다. 봉투 안에는 사진과 편지가 있다. 첫 줄을 읽자마자 눈물이 볼을 타고 흘러내렸다. 언젠가 심적으로 힘든 일을 딸에게 하소연 겸 넋두리했던 이야기가 적혀있다.

"앞으로 힘든 일 있을 때마다 전화해서 털어놔. 이러라고 딸 있는 것 아니겠어? 난 항상 엄마 편이니까 힘내요."

그런 의미에서 자기 사진을 놓고 간다며 조금이나마 위로를 얻으란다. 가슴이 뭉클했다. 이야기를 들어준 것만 해도 힘이 되었는데…. 나이를 먹는 건지, 마음이 약해져서인지 이제 갓 스물 넘은 딸이 의지가 되고 있다.

가끔 딸에게 투정도 하고 애교도 부려본다. 한 시간 정도 떨어진 거리인데도 자주 보지 못한다. 문자로 서로의 안부를 묻고 영상통화를 하면서 소소한 이야기를 늘어놓는다. '나도 엄마에게 이런 딸이었을까….' 이제는 대답을 들을 수가 없다. 돌아보면 부족한 딸인데도 엄마는 항상 든든해 하셨던 것 같다.

때때로 큰아이를 보면 내 모습을 보는 것 같다. 나 또한 친정 엄마가 걱정할까 봐 사소한 일은 숨기고 집안 대소사는 빠지지 않고 참여했다. 동생들 학교 걱정하는 부모님을 위해 생활전선에 뛰어들었다. 아버지의 빚도 갚아드리고 결혼 자금도 손 벌리지 않았다. 오히려 결혼식 때 쓸 비용까지 내어드렸다. 그런 나에게 엄마는 늘 미안해하셨다.

어느 날은 서운하다고 한마디 하셨다. 결혼 날짜를 잡고 얼마 후였다. 다른 딸들은 함께 다니면서 혼수품을 사고 결혼에 대해 의논도 하는데 난 그러질 않는다는 것이다. 그때 엄마는 직장을 다녔고 내가 사는 곳과 거리가 멀었다. 혼수비용 걱정에 마음이 편치 않으실까 봐 나름 엄마를 위한다고 한 일이었다. 일찍 독립해서 생활하다 보니 혼자 결정하는 습관 때문이기도 했다.

'딸은 엄마를 닮는다고 했던가!'

어릴 적에는 그 말이 싫었다. 내성적인 나는 집에 있는 것을 좋아했고, 외향적인 엄마는 집보다는 밖에 있는 시간이 더 길었다. 시골에 살 때는 논과 밭으로 나갔고 도시에서는 직장 다니기 바쁘셨다. 모임을 자주 했고 술친구도 많았다. 늘 집안일은 내 몫이었다.

나는 생활전선에 뛰어들면서 독립했다. 동생들 뒤치다꺼리와 집안일에서 벗어났어도 마음은 편치 않았다. 그때는 이해를 못 했지만 나이 오십을 넘고 보니 이제는 알 것 같다. 젊었을 때는 다섯 명의 자식을 키우느라 바쁘셨고, 좀 컸다는 자식들은 엄마의 허전한 마음을 다 채워주지는 못했을 것이다.

'난 엄마가 우리 엄마여서, 너무 좋은 거 알지?'

큰딸아이의 마지막 글귀가 가슴에 와닿는다. 벚꽃 비가 내리는 하늘을 향해 큰소리로 외쳐본다.

"엄마, 내가 많이 사랑하고 그리워하는 것 아시죠!"

알밤 한 보따리

"아야, 산에 가봤더니 밤이 겁나게 열렸더라!"

"얼른 와 봐야 쓰것다. 언제 올래?"

재촉하는 큰이모의 전화다. 여름휴가 때 가평 이모집에 잠깐 들렀었다. 이모는 몇 년 동안 쉬는 날 없이 새벽부터 저녁까지 식당을 운영하고 계신다. 그동안 모은 돈으로 집이나 상가를 지으려고 근처 산을 샀다고 한다. 그 땅을 손에 넣기까지의 우여곡절을 이야기하더니 "한번 가볼래?" 한다. 골짜기를 따라 올라간 산속에는 건물은 보이지 않고 나무와 숲이 에워싸고 있다. 이모 부부는 본인의 땅을 밟고서 앞으로의 계획을 말한다. 손가락으로 가리키는 곳을 따라 시선을 옮기는데 제법 큰 밤나무 몇 그루가 눈에 들어온다.

"가을에 밤 따러 와야겠어요."

"그려, 밤송이 커지면 제일 먼저 전화해 줄랑께 꼭 와라 잉!" 하셨다. 그 말을 잊지 않고 연락을 하신 거다. 문득 어린 시절이 떠오른다.

내가 초등학교 다닐 때 일이다. 엄마는 밤송이가 입을 벌리기 시작하면 새벽마다 우리를 깨워 손전등 하나와 천 가방을 손에 쥐여 주고 밖으로 내몰았다. 그럴 때마다 눈을 비비며 칭얼대는 동생들 손을 꼭 잡고, 컴컴한 길을 손전등 빛에 의지하며 개울둑으로 향했다. 마을로 들어서는 개울 양옆으로 밤나무들이 길게 늘어서 있다. 주인이 있는지 없는지 모를 그냥 마을의 밤나무였다. 제일 먼저 주워가는 사람이 임자다. 조금이라도 늦게 가면 동네 아이들이 먼저 알밤은 다 가져가고 속 빈 쭉정이들만 여기저기 나뒹군다. 그러기에 누구보다도 빨리 나서야 한다. 학교에 들어가지 않은 남동생에게 손전등을 맡기고 하나라도 더 주우려고 발로 풀숲을 요리조리 뒤적이며 숨은 알밤을 찾는다. 어느새 바짓가랑이는 흠뻑 젖어 있다. 어쩌다 가방 한가득 채워 안고 집으로 돌아갈 때는 저절로 콧노래가 나왔다. 그런 날이면 우리 집은 꽁보리밥이 아닌 삶은 밤으로 배를 채웠다.

딸아이들이 어릴 때 밤 줍기 체험을 한 적이 있다. 오천 원을 내주면 1킬로그램 자루에 알밤을 담아 갈 수 있다. 아이보다 부모들이 더 신났다. 누가 더 많이 줍나 내기라도 하듯이 이리저리 뛰어다니며 자루에 꾹꾹 눌러 채워 담았다. 아이들이 커서 타지로 나가고 나니 이제는 그런 체험도 할 수 없다.

어느 날, 차창 너머 작은 개울 옆으로 밤나무들이 있어 무작정

길가에 차를 세웠다. 어릴 적 추억을 되새기며 밤을 줍고 있는데 어디선가 고함이 들렸다. 고개를 들어보니 저 멀리 마을 쪽에서 한 어르신이 걸어오면서 노발대발 한다. 주인이 있는 밤이니 주워가면 안 된다는 것이다. 나무에 달린 것을 따는 것도 아니고 바닥에 뒹구는 알밤 몇 개 주워가는 것은 괜찮을 줄 알았다. 죄송하다고 연신 고개를 숙이며 도망치듯 그 자리를 벗어났다.

지금은 산에 있는 밤나무는 국립공원일 경우 국가 재산이고, 일반 산은 모두 사유지로 분류되어 있어서 주인의 허락 없이 함부로 따거나 주우면 안 된다는 것이 일반상식으로 되어 있다. 가끔 등산객들이 야산에 떨어진 밤을 가방에 담고 내려오다가 경비원에게 발각되어 절도죄로 불구속 입건되기도 한다. 너무나 야박한 사회 인심에 마음 한편이 허하다.

이모는 먹을 만큼만 챙기는 나에게 무조건 많이 가져가서 주위 사람들하고 나누어 먹으라며 해맑게 웃는다. 모처럼 얻은 알밤 한 보따리에 마음까지 풍성해진다.

막내야 힘내

가슴이 철렁 내려앉는다. 새해 덕담을 주고받은 것이 엊그제
인데 믿을 수가 없다. 놀라서 오그라들었던 심장이 쿵쾅대며 요
동치기 시작한다. 이제 마흔 중반에 들어선 막내 남동생에게 방
광암이라니…. 밤늦게 전하는 큰남동생에게

"이게 무슨 일이야. 어쩌다 몹쓸 병에 걸렸다니?"

하며 할 말을 잊은 채 그 말만 반복했다. 아버지의 암 병력이
유전일까. 아니면 근무 환경에 의해서 생긴 병일까. 이미 벌어진
일에 부질없는 생각들만 떠오른다. 이제 앞으로 어떻게 치료해
야 하는지 그것만 생각하고, 걱정하지 말라고 안심시켜야 하는
데 전화기를 들 용기가 나지 않는다.

막내 남동생을 보면 늘 마음이 아프다. 오래전 엄마가 오늘을
넘기지 못한다는 의사의 말에 사 남매가 모였다. 목포서 혼자 지
내는 막내는 소식을 듣고 급하게 서울로 올라왔지만 이미 때는
늦었다. 병원 입구에 들어서자마자 땅바닥에 털퍼덕 주저앉아

"막내가 왔는데 조금만, 조금만 더 기다려주지!"

하며 목 놓아 울던 모습이 아직도 눈에 선하다. 스물일곱에 닥친 큰 아픔이었다. 지금도 그 생각만 하면 뻐근한 가슴 통증이 목울 대까지 차오른다. 혼자 슬픔을 견디고 있는 게 안쓰럽고 불안했 다. 멀리 떨어져 있어 잘 챙겨줄 수는 없지만 내 마음은 항상 막내에게 향해 있다. 좋은 인연을 만나 서른 중반에 결혼식을 올릴 때는 자식처럼 기특하고 대견스러웠다.

식구가 늘자 휴대폰 매장에서 카페까지 손을 뻗어 사업을 확 장하더니 결국 운영하기 힘들다며 하소연한 적이 있다. 포기가 쉽지 않다며 큰누나가 맡아서 해주면 안 되냐고 묻는다. 곧바로 목포로 내려가 가게를 둘러보고 여러 방법을 알아보았지만 뾰족 한 수가 없다. 마음은 무조건 도와주어야 한다고 잡아 이끄는데 몸은 그 자리에 얼어붙었다. 낯선 동네에서 경험도 없이 적자인 카페를 운영한다는 것은 나에겐 큰 모험이기 때문이다. 자신 없 어 하는 누나가 내내 마음에 걸렸는지 남동생은 손해를 보고 말 없이 카페를 처분했다.

외로움이 많아 사람을 잘 믿고 의지하는 막내는 동업하자는 지인들의 유혹을 뿌리치지 못한다. 카페에 이어 식당을 차렸을 때도 막바지까지 책임지는 것은 늘 동생 몫이다. 이번에도 '믿는 도끼에 발등 찍혔다!'라는 말을 뼈저리게 느꼈다고 한다. 하지만 누군가 또 유혹의 손길을 내밀면 쉽게 뿌리치질 못할 것이다.

이렇게 마음 여린 애가 어떻게 독한 마음을 먹고 암을 치료해 나갈지 걱정부터 앞선다.

막내는 1월 21일 전남대 화순병원에서 수술했다. 혹이 너무 커 방광을 다 들어낼 수도 있다는 말에 걱정을 많이 했다. 다행히 그 정도는 아니란다. 조직 검사는 2주 뒤에나 나오고 결과에 따라 치료 방법을 제시할 거라고 한다. 남동생에게 위로해 주고 싶었지만 눈물 젖은 말로 마음을 더 약하게 만들까 봐 통화할 수가 없었다. 부모님 대신 신경을 써야 했는데 나 살기 바쁘다고 그동안 너무나 무심했다.

조직 검사 결과가 나왔다. 다행히 항암치료는 하지 않아도 된단다. 수술한 주변에 암 뿌리가 조금 남아있어 6주에 한 번씩 시술해야 한다. 그러고 나서 결과가 좋으면 3개월에 한 번 치료하면서 식단 조절로 관리를 잘하면 된다. 그렇지 않으면 방광암은 70%에 달하는 재발률을 보인단다. 재발을 막기 위해서는 금연이 첫째다, 또한 신선한 채소와 과일을 꾸준히 먹으면서 수분을 섭취하고 특히 포화지방을 줄이는 것이 중요하다. 그 무엇보다도 병에 대한 스트레스를 줄이고 긍정적인 마음으로 생활하는 것이 제일 먼저일 게다.

하루에 몇 번씩 문자만 보내다가 용기 내서 전화했다. 걱정하지 말라는 밝은 목소리가 더 애잔해 눈물이 쏟아졌다. 누나로서 해줄 수 있는 것이 방광암에 좋은 약초나 비타민 등을 택배로 보내주는 것뿐이라 미안하기만 하다. 그러면서도 제 몸 관리를 소홀히 할까 봐 점점 잔소리가 늘고 있다. 이것 또한 스트레스일 텐데 자중해야겠다. 스트레스는 만병의 원인이라고 하지 않던가.

몇 번의 재발이 있었지만 늦둥이 세 살짜리 딸을 보면서 힘을 내고 있다며 걱정 말란다. 딸애 이름이 '사랑'이듯이 가족의 사랑으로 잘 극복해 나가는 것 같아 마음이 놓인다.

메뚜기

넓게 펼쳐진 들녘에 군데군데 빈 곳이 보인다. 이른 벼들을 수확한 자리다. 그 옆으로는 이제 노랗게 물들어 가는 벼들이 고개를 숙이고 있다. 하염없이 바라보고 있자니 어릴 적 기억이 어렴풋이 떠오른다.

우리 집은 벼농사와 담배 재배를 했다. 학교 가지 않는 주말에는 담뱃잎을 따러 가야 한다. 딸 때마다 손에 끈적이는 진액 때문에 하기 싫어서 동네 교회로 도망가고는 했다.

담뱃잎을 엮는 날이면 마당에 여러 명의 일꾼이 모여 일을 한다. 그런 날이면 엄마는 삼총사를 부른다. 일명 메뚜기 잡는 특공대다. 첫째인 나와 셋째 남동생 그리고 넷째 여동생이다. 둘째 여동생은 몸이 허약해서 안 되고 막내 남동생은 어리다는 이유로 빠졌다. 어디까지나 엄마의 선택으로 만들어진 특공대다. 엄마는 큰 페트병 세 개를 하나씩 손에 쥐여 주고 병의 반은 채워오라며 우리의 등을 대문 밖으로 떠민다. 싫다고 했지만 엄마의 호통에 할 수 없이 터덜터덜 길을 나선다. 난 메뚜기나 사마귀 같은 곤충류가 싫다. 작은 것들이 징그럽고 어느 방향으로 튈지 몰라 겁부터 난다.

산 밑 오솔길을 벗어나니 노랗게 물들어 가는 넓은 들판이 펼쳐져 있다. 긴 들판을 가로질러 개울 옆 논으로 들어선다. 삼총사 입성에 놀란 메뚜기들이 한바탕 요란하게 날아오른다. 우리 손에 운명을 맡기기 싫은 몸부림이다. 그 모습에 잠시 머뭇거리다가 거역할 수 없는 엄마의 엄명이 떠올라 손을 뻗어 움켜잡는다. 그 순간 "아아악" 소리와 함께 손을 털며 바지에 손바닥을 쓱쓱 문지른다. 손바닥 안에서 꿈틀거리며 안간힘을 쓰는 메뚜기의 발악에 소름이 돋았기 때문이다. 옆에 있던 여동생도 같은 마음으로 울상을 짓고 있다.

한편 남동생은 이게 뭐가 무섭냐며 덥석덥석 잡아 연신 페트병 안으로 넣는다. 그의 용감함이 부럽다. 다시 마음을 부여잡고 여러 번의 시도 끝에 몇 마리의 메뚜기를 잡아넣었다. 남동생은 벌써 병에 반이 다 찼다며 의기양양 흔들어댄다. 나는 우리 것도 잡아달라고 졸라대며 애원한다. 그렇게 남동생의 도움을 받고서야 할당량을 채울 수 있었다.

우리는 기쁜 마음에 깡충거리며 집으로 뛰어갔다. 메뚜기가 담긴 페트병 세 개를 받아 든 엄마는 "많이 잡았네! 우리 삼총사" 하며 칭찬한다. 그러고는 이내 부엌으로 들어간다.

잠시 후, 엄마가 들고나오는 쟁반에는 들기름에 달달 볶은 메뚜기 안주와 막걸리가 올라와 있다. 아저씨들은 고소하고 맛있다며 연신 손가락으로 집어 먹는다. 그중 한 아저씨가 우리 특공대를 보고 잡아 오느라 고생했으니 먹어보라며 손을 쑥 내민다. 남동생은 그것을 받아 오물오물 씹더니 해쭉 웃는다. 정말 맛있는 모양이다. 여동생과 나는 손바닥 안에서 꿈틀대던 메뚜기가 생각나 얼른 방안으로 도망친다.

지금도 그 느낌이 손바닥 안에 남아있다. 음식으로 곤충류를 당당히 내놓고 파는 나라가 있다. 고기보다 훨씬 더 단백질이 많다고 한다. 국내 쇼핑몰에서도 볶은 메뚜기, 열풍 건조 메뚜기를 판매하고 있다. 주로 애완동물이나 물고기 등 사료용으로 쓰인단다. 가격도 비싸다. 단백질 대체식품으로 곤충들을 뽑긴 하지만 아직도 먹을 용기가 나지 않는다.

운동 길에 벼들을 툭툭 쳐보지만 바스락거리며 요란하게 날던 메뚜기는 이제 찾아볼 수가 없다. 그 많던 메뚜기들은 다 어디로 갔을까.

chapter - 3

나의 향기

사람들도 저마다 자기만의 향기를 지니고 있다. 자연적인 것도 있지만 인위적으로 만들기도 한다. 향수로도 표현할 수 없는 향기가 있다. 살아오는 동안 저절로 묻어 나오는 삶의 향기, 상대방을 배려하고 양보하는 마음에서 은은하게 풍겨 오는 사람의 향기다. 누군가 그랬다. '꽃의 향기는 바람결에 흩어지지만, 사람의 향기는 가슴에 머물러 마음을 움직인다'고. 나에게서는 어떠한 향기가 날까.

꽃 김밥

아이들 유치원 때부터 중학교까지 김밥 싸는 일은 특별한 날 행사다. 새벽 네 시면 일어나 김밥 재료들을 지지고 볶아 준비한다. 여자아이라 도시락 하나라도 예쁘게 담아주고 싶어 여러 가지 방법을 시도하다가 꽃 김밥을 탄생시켰다.

꽃 김밥은 먼저 김을 반으로 잘라야 한다. 자른 김 위에 밥을 얇게 펼치고 단무지, 햄, 맛살을 중간에 나란히 놓고 끝부분을 꾹꾹 누른다. 이때 속 재료를 그대로 쓰면 너무 커서 안 되고 사 분의 일로 잘라서 넣어야 한다. 그러면 밑에 누른 부분은 납작하고 위쪽은 둥근 타원형이 된다.

도시락에 둥글게 말은 일반 김밥 몇 줄을 깔고 그 위에 작은 타원형 김밥 여섯 개를 돌려가며 맞춘다. 그러면 꽃잎 여섯 개가 달린 꽃 한 송이가 만들어진다. 한 송이를 더 만들어 옆에 나란히 얹는다. 두 송이 꽃이 핀 도시락을 보고 깜짝 놀라는 딸아이의 모습이 그려진다.

어린 시절, 김밥이나 흰쌀밥은 꿈에 그리던 음식이다. 1970년 대 나라에서는 쌀의 생산량 부족으로 혼분식 장려 운동을 시행했다. 우리 집은 쌀이 귀해 내 도시락은 늘 꽁보리밥이었다. 선생님은 매일 혼분식 검사로 칭찬했지만 친구들이 보는 앞에서 뚜껑 열기가 너무나 싫었다. 어쩌다 동생들과 함께 투정하는 날이면 그때는 쌀을 조금 섞어 주고는 하셨다.

나는 농사일에 바쁜 부모님을 대신해 도시락 담당을 자주 했다. 그런 날이면 내 도시락 밑에는 흰쌀밥을 깔고 그 위에 보리밥으로 살짝 덮었다. 보리밥을 넣고 싶지 않았지만 엄마한테 들킬까 봐 두려웠다. 완전 범죄를 위해 동생들 도시락은 마구 섞어 싸주었다. 가방 메고 학교 가는 발걸음이 왜 이리 가볍고 날아갈 듯이 좋던지 콧노래까지 부르며 뛰어갔다.

점심시간, 다른 날은 온통 보리밥이었지만 오늘만은 아니었기에 당당히 도시락을 뒤집어 뚜껑을 연다. 그러면 하얀 쌀밥이 빛을 내며 미소를 짓는다. 친구들이 보고는 "와, 오늘은 쌀밥이네!" 한다. 그러면 나는 씩 웃으며 아랫부분부터 살짝 파서 얼른 입으로 넣는다.

소풍날 엄마에게 김밥 타령을 하면 가끔 싸주고는 했다. 요즘 같은 김밥이 아니다. 파래김을 구워 그 위에 보리밥을 깔고 꼭 짠 김치를 넣고 둘둘 만 게 전부다. 한마디로 김치김밥이다. 몇 번 못 먹는 김밥이기에 맛보다는 기쁨이었다. 기억을 더듬어 올라가다 보니 그 시절이 아련하다.

이제 직장 다니는 두 딸에게 김밥 싸 줄 일은 없다. 가끔 생각날 때 한두 번 만들어 먹을 뿐이다. 요즘 분식집을 가면 채소 김밥부터 시작해 돈가스 김밥, 매운 고추 김밥, 참치 김밥 등 종류가 많다. 입맛과 취향에 따라 골라 먹는 재미가 있다. 아직 맛보지 못한 김밥도 있다. 하지만 딸아이들은 엄마가 싼 김밥이 제일 맛있다며 가끔 성가시게 한다.

모처럼 김밥을 만들어 직장으로 향한다. 뚜껑을 열자마자 "꽃이 피었네, 두 송이나!" 하며 모두 환호성이다. 어느새 내 얼굴에는 분홍빛 꽃이 핀다.

마을

마을이라는 두 글자에 그리움이 밀려온다. 기억이 시작되는 곳은 용인시 옥산리라는 작은 마을이다. 유년 시절부터 중학교까지 다녔으니 10년 넘게 그곳에서 살았다.

친정아버지 또한 제2의 고향이나 다름없다. 6.25 난리에 가족들과 헤어지고 소식을 알 수가 없어 사는 동안 그리워만 하셨다. 여기저기 떠돌다 정착한 곳이 옥산리였다. 아산에서 아들과 함께 사는 아버지는 그 마을을 잊지 못하고 가끔 혼자 다녀가시고는 했단다.

나는 결혼을 하고 몇 번의 이사를 거쳐 진천에 살게 되었다. 아버지가 우리 집에 오면 옥산리로 데려다 달라고 하신다. 40분이면 갈 수 있기에 더 가보고 싶으셨던 모양이다. '나도 한번 가봐야지' 하는 생각은 있었지만 그리 쉽지는 않았다. 얼마나 변했는지 보고 싶은 마음에 아버지를 따라나섰다.

동네 마을회관으로 들어갔다. 가끔 아버지를 만났던 몇몇 어르신이 어서 오라며 반갑게 손을 잡는다. 옆에 있는 나를 보며 누구냐는 듯 쳐다보는 사람들에게 우리 큰딸이라고 소개한다. 그러자 한 어르신이 "네가 순옥이냐? 나 현미 아버지여" 하신다. 그제야 알아차리고 한 번 더 인사하며 친구에 대한 궁금증을 이것저것 여쭈어봤다. 저녁때 모시러 오겠다는 말을 남기고 밖으로 나왔다.

길가로 나오니 저 멀리 다리가 보인다. 초등학교 등하교할 때마다 지나다녔던 다리다. 그때 기억으로는 참 크고 긴 다리였는데 지금은 작고 허름하기까지 하다. 세월의 흐름에 가슴이 시리다.

초등학교는 집에서 30분 거리에 있었다. 수확이 끝난 빈 논을 가로질러 가면 조금 더 빨리 갈 수 있다. 우리 마을을 거쳐 가는 친구 중에는 여자보다 남자가 더 많았다. 집으로 가는 길에 남자애들은 가끔 꼼수를 부린다. 가위바위보를 해서 진 사람이 가방 들어주기를 한다. 매번 지는 나는 안 한다고 뒤로 뺐지만 이번에는 이길 수 있을 거라며 부추기는 말에 손을 내밀었다. 역시나 또 졌다. 남자애들은 "야호" 하며 내 양어깨와 팔에 가방을 척척 걸고는 저만치 달아났다. 가방 무게에 뒤뚱거리며 "다리까지만이다" 하고 냅다 큰 소리를 지른다. 10분이면 도착할 거리가 왜 이리 멀게만 느껴지는지…. 다리에 도착하자마자 바닥에 가방들을 우르르 떨구어 버린다. 남자애들은 마을 입구까지 들어 주는 거라며 실실거린다.

그 애들의 장난은 중학교 가서도 계속된다. 학교까지는 2시간 정도 걸어가야 한다. 산도 하나 넘는다. 버스가 있지만 두 번을 갈아타야 하고 버스비도 만만치 않아 특별한 일 아니면 매번 걸어 다녔다. 남학생들은 자전거로 통학한다. 산 밑에 있는 인삼밭 집에 자전거를 맡긴 뒤 산길을 걸어 올라간다.

집으로 갈 때의 일이다. 자전거 뒤에 여자 친구들을 태우고 내리막길에서 지그재그로 흔들며 운전한다. 아니나 다를까 한 대의 자전거가 비틀대더니 길옆에 있던 거무죽죽한 소똥 거름 더미로 쓰러졌다. 넘어진 여자애는 울상을 지으며 개울가로 뛰어가 손과 몸에 묻은 소똥을 닦느라 정신이 없다.

40대에 들어서면서 초등학교 동창회에 나가기 시작했다. 마을 모임도 일 년에 두어 번 참석한다. 그동안 만나지 못한 친구를 만나고 학교 다닐 때 이야기도 하면서 추억에 젖는다. 남자들은 세월이 흘렀어도 장난기 많던 얼굴 모습이 남아있다. 이런저런 이야기 끝에 소똥에 빠졌던 여자 친구가 백혈병으로 생을 마쳤다고 한다. 너무나 안타깝다.

아직도 옥산리 마을을 지키며 사는 친구들이 있다. 그들을 만나면서 지금은 함께 할 수 없는 아버지에 대한 그리움을 달래본다.

나의 향기

　현관에 들어서는 순간 야릇한 향기가 집안 가득하다. "흠, 흠" 숨을 들이마시며 향을 내뿜고 있는 진원지를 찾아 더듬이를 세우고 보니 베란다 쪽이다. 하루 종일 저들끼리 집을 지키고 있던 식물들이 주인의 인기척을 듣고 일제히 손을 흔들며 반긴다. 향기는 키 순서대로 줄지어 서 있는 여섯 개의 큰 화분 중에서 폴폴 풍겨 나오고 있었다.

　가늘지만 단단한 두 개의 줄기 위 푸른 잎 속에 수상한 몽우리가 보인다. 자세히 들여다보니 작은 잎으로 둘러진 속에 몽글몽글한 하얀 알갱이들이 숨어 있다. 마치 신생아를 속싸개로 감싸 안은 듯한 모습이다. 혹시나 하고 다른 화분 것도 확인해 보았다. 그곳에도 꽃봉오리들이 꽉 들어차 있다. 행운목꽃이다. 세 개의 화분에 무려 다섯 송이가 피었다.

　우리 집에는 행운목 화분이 5개 있다. 한 화분에 두 나무씩 심어서 서로 의지하며 자랄 수 있게 했다. 제일 오래된 녀석은 서른 살, 큰딸아이랑 동갑이다. 닷새마다 한 번씩 서는 진천오일장 난전에서 천 원을 주고 산 것이다. 옆구리에 푸른 싹이 세 군데에서나 움터 오르고 있는 건실한 토막으로 골라 샀다. 그래서인지 기대를 저버리지 않고 두 번의 꽃을 피웠다. 크게 자라지는 않았지만 뿌리가 나무처럼 튼실하게 뻗어있다.

두 번째와 세 번째 화분에 있는 것은 어미에게서 독립한 자식들이다. 넉살이 좋아서인지 한 뼘 정도였던 것이 무럭무럭 잘도 커서 내 키를 따라잡고 있다. 그러더니 네 줄기 모두에서 처음으로 꽃을 피웠다. 잘 키워서 결실을 보니 얼마나 예쁘고 흥분되던지 말로 다 표현할 수가 없다. 애완 동·식물을 자식처럼 돌보면서 엄마라 자처하는 사람들의 마음을 비로소 알 것 같다.

넷째는 집들이 선물로 회사 동료들이 가져온 것이다. 먼저 온 형제들과는 다르게 잎이 무성하고 키가 더 크다. 하지만 십 년이 지나도록 아직까지 꽃소식이 없다.

제일 애정을 쏟은 것은 다섯 번째 막내다. 그 녀석을 만난 건 우연이었다. 4년 전 어느 날 친구 집에 놀러 갔을 때의 일이다. 현관 복도 입구에 메말라서 죽은 행운목이 방치되어 있었다. 한 뼘 정도의 자그마한 녀석인데 버리려고 내다 놓은 모양이다. 쪼그려 앉아 들여다보니 누렇게 메말라 보이는 토막 옆구리에 초록색의 작은 잎사귀 하나가 붙어 있다. 살겠다고 바싹 마른 어미 몸뚱어리를 부여잡고 있는 모습이 안쓰러워 손을 내밀었다. 갈색으로 배배 말려 죽어 있는 겉잎을 뜯어냈다. 마른 겉살 그 속

안에는 실낱같은 뿌리 두서너 가닥이 숨을 발딱대고 있었다.

집에 가져와 작은 음료수병에 꽂아 놓고 수시로 들여다보았다. 저도 정을 주는 그 마음을 알았는지 하루가 다르게 쑥쑥 뿌리를 벋어 내린다. 일 년이 지나고 더 이상 작은 유리병에서는 자랄 수 없을 만큼 많은 잔뿌리가 엉켜있다. 빈 화분에 흙과 영양제를 배합해서 넣은 뒤 옮겨 심었다. 처음에는 물이 아닌 흙 속이라 뿌리를 내리지 않으면 어쩌나 걱정이 되었다. 몇 달이 되었는데도 잘 크지 않는 것 같아 물을 주고 또 주며 정성을 들였다.

그러던 어느 날, 하얀 속살을 내보이며 가는 줄기가 올라와 있는 게 아닌가. 이젠 됐다 싶어 첫째 화분 옆에 나란히 놓았다. 옮겨 심은 지 일 년이 되자 20cm밖에 안 되는 여린 몸에서 꽃을 피워냈다. 그 모습이 외려 안쓰럽게 하더니 두 해 만에 끄떡없다는 듯 다시 꽃을 피워낸 것이다. 참으로 기특하고 신통방통하다.

보름이 지나자 수십 개의 꽃봉오리가 무더기를 이루고 하나둘씩 터진다. 마치 작은 꽃방망이 형상이다. 그리고 하얀 꽃술이 밖으로 활기차게 쭉쭉 뻗는다. 더불어 진한 향기를 내뿜기 시작한다. 라일락 향기 같기도 하고, 백합 향 같기도 한 꽃 내음이 온 집안을 가득 채운다.

여간해서 보기 힘든 꽃이다. 그래서인지 꽃이 피면 행운이 들어온다고 한다. 하지만 인간들의 생각과는 다르게 생명에 위협을 느낄 때 종족 번식을 하려는 본능 때문에 꽃을 피운다고 한다. 또

원산지와 비슷한 생육 환경이어서 꽃을 피워낸다는 설도 있다.

6개의 꽃잎에 수술이 6개, 암술이 1개인 하얀 꽃이 망울망울 피어있다. 꽃대에는 이슬 같은 물방울이 맺혀 있어 만져보니 끈적끈적하면서 달콤한 향을 낸다. 밤에만 피는 꽃이라 해서 '야화'라고 불리기도 한다. 한꺼번에 피는 것이 아니라 밤마다 몇 송이씩 피고 지기를 반복한다. 정말 신기하게도 저녁때의 꽃냄새는 강렬하다가 아침이면 언제 그랬냐는 듯 꽃 문을 닫고 향도 옅어진다. 밤마다 자기들만의 파티를 여는 것 같다.

때때로 나는 강한 향기에 눈이 맵고 코가 간질간질하여 재채기를 해댄다. 파티를 즐길만한 체질이 못 되는 내 알레르기 반응이다. 남편은 화분을 베란다로 내다 놓는다고 한다. 이제 막 만개해서 행운을 안겨 주려는 아이들을 밖으로 내몰면 안 될 것 같았다. 나로 인해 자칫 의기소침해질지도 모를 향기에 맘껏 발산하라고 양쪽 창문을 활짝 열어 놓는다.

사람들도 저마다 자기만의 향기를 지니고 있다. 자연적인 것도 있지만 인위적으로 만들기도 한다. 향수로도 표현할 수 없는 향기가 있다. 살아오는 동안 저절로 묻어 나오는 삶의 향기, 상대방을 배려하고 양보하는 마음에서 은은하게 풍겨 오는 사람의 향기다. 누군가 그랬다. '꽃의 향기는 바람결에 흩어지지만, 사람의 향기는 가슴에 머물러 마음을 움직인다'고. 나에게서는 어떠한 향기가 날까.

오이의 변신

같은 아파트에 사는 지인이 자기네 집으로 초대한다. 마침 ○○○호 언니 집에서 커피 마시며 수다를 피울 때였다. 우리는 그 집으로 옮겨갔다.

현관문을 열자 거실에 20킬로그램짜리 큰 박스 두 개가 놓여있다. 동네 친구가 오이 하우스를 하는데 공짜로 주었다며 가져가란다. 너무 많은 양이라 세 집이 나누어 먹기에는 버겁다고 하자 오이지, 오이소박이 등 할 수 있는 것은 다 해서 실컷 먹자고 한다. 일단 한 박스는 내일 아침에 다시 모여 오이소박이를 담그기로 했다. 나머지 한 박스는 각자 오이지랑 오이무침용으로 나누었다. 오이지를 좋아하는 남편의 얼굴이 떠올라 양껏 챙겼다.

집에 돌아와 굵은소금으로 오이를 문질러 닦은 뒤 흐르는 물로 씻어 소쿠리에 담았다. 큰 들통에 물을 채우고 소금을 짭짤할 정도로 넣고 팔팔 끓인다. 항아리는 씻어 뜨거운 물을 여러 번 부어 소독하고 건조한다. 위에 눌러 줄 돌덩이도 소독해 둔다.

건조된 항아리에 오이를 차곡차곡 넣은 뒤, 팔팔 끓인 물을 붓고 뚜껑을 닫아 베란다에 놓았다. 삼 일 뒤 그 물을 다시 끓여 식힌 뒤에 부으면 아삭한 오이지를 먹을 수 있다.

다음 날 아침 빨리 오라는 연락에 현관문을 나선다. 그 집에 들어서자 그녀는 나이 오십이 넘도록 오이소박이를 한 번도 안 해봐서 무엇을 먼저 해야 하는지 모르겠다고 동동거린다. 일단 오이는 다 씻어 놓았다고 한다.

언니는 도마와 칼을 챙겨 자리를 잡고 앉아 오이를 삼등분으로 자른다. 나는 자른 오이를 들고 십자로 칼집을 낸다. 한 박스를 다하고 보니 두 개의 큰 양푼에 한가득이다. 그곳에 소금물을 끓여 자작하게 붓는다. 오이소박이를 뜨거운 물로 절이는 것은 처음 본다. 내가 하는 방법은 굵은소금을 뿌려 오이가 살짝 절여지면 부추 소를 넣었다. 그래서인가, 가끔 속이 무를 때가 있다.

한 시간 정도 지나자, 소금물을 다 쏟아버리고 채반에 받쳐 놓는다. 씻은 부추는 2cm 정도로 자르고, 양파와 당근은 채 썰어서 고춧가루와 마늘, 생강 등 양념을 넣고 버무린다. 칼집을 낸 오이 몸통을 벌리고 버무린 소를 조금씩 넣어 김치 통 안에 가지런히 넣는다.

한가득 담긴 통을 자세히 보니 층층이 쌓여 차곡차곡 올라간 모습이 마치 우리네가 살고 있는 아파트처럼 보인다. 아홉 개의 네모 상자로 이루어져 15층 높이까지 쌓아놓은 건물, 그 속에 사는 많은 사람, 여러 명으로 가족을 이루거나 혼자 있는 이 등 각양의 색깔을 지닌 사람들이 소를 이루고 있다. 그런데도 사람들이 사는 아파트는 서로 어우러지는 맛이 별로 없다. 함께 녹아들 수 있는 여지가 없기 때문이다.

'이웃사촌' 언제부턴가 이 말이 빛을 잃어 가고 있다. 모임을 만들어 함께 하거나 십 년 넘게 보아 온 지인에게만 사용하는 단어가 되었다. 같은 층에 살아도 왕래가 없고 엘리베이터에서 만나면 눈인사만 까딱할 뿐이다. 이것도 자주 보는 사람들에게 해당되는 이야기다. 가끔 보는 이들은 서로 인사 나누기도 어색해 눈길을 피하기 일쑤다. 바쁘게 돌아가는 세상 속에서 살다 보니 더 그러한 것 같다.

오이 사이에 불룩하니 들어앉은 소를 살펴보니 이것들도 애초에는 전혀 어울리지 않을 것처럼 각자 제 특성을 보이는 것들이다. 늘 야들야들한 몸이지만 누구도 흉내 낼 수 없는 강한 향을 가진 부추, 차돌멩이처럼 야무진 마늘, 부잣집 맏며느리처럼 후덕해 보이는 붉은 당근, 눈곱만해도 좌중을 휘어잡는 참깨에 바다를 헤엄쳐 온 멸치 액젓까지. 서로 닮은 데라곤 없는 물질들이 서로 한집에 둥지를 틀고 '오이소박이'란 이름으로 들어앉아 있다. 며칠 후면 이들은 서로 내어줄 것은 내어주고 받아들이면서 맛나게 익어갈 것이다. 사람살이도 이러했으면 좋겠다는 생각을 하며 내 몫의 오이소박이를 받아 안았다. 묵직하다.

하루의 시작점

알람 소리에 기지개를 켜고 일어난다.

아침 운동을 시작한 지 두 달이 지나고 있다. 처음 며칠은 꾀가 나서 비가 오기만을 바라기도 했다. 흔들리는 마음을 다잡고 매일 나가다 보니 이제는 비가 오면 어쩌나 하는 걱정으로 바뀌었다. 찌뿌둥했던 내 몸에 아침마다 생기가 돋는다. 상쾌한 새벽 공기도 한몫했다.

길 양옆으로 농작물들이 길게 줄지어 있는 농수로를 따라 걷는다. 부지런한 어르신들이 자투리땅에 자신만의 공간을 만들어 심어 놓은 작물들과 인사를 건넨다.

여린 옥수수는 홀쭉한 몸에 윤기 나는 금발 머리를 길게 늘어뜨리고 키를 키우더니 어느새 배가 불룩해져 있다. 그 찰랑거리던 금발 머리는 윤기를 잃은 채 갈색으로 말라 들고 있다. 마지막 진액마저 끌어 올려 낟알들을 살찌우고 있는 거다. 그 모습이 힘에 겨워 보이면서도 한편 위대하다는 생각이 든다. 어미 모습이지 않은가. 그 옆에서 같은 처지에 있는 호박꽃이 넉넉한 웃음을 띠고 힘내라는 듯 넓은 잎을 흔들며 응원을 보내고 있다. 호박 꽃송이도 조용히 제 몸을 사려가며 조그마한 아기 호박을 키워내고 있는 중이다.

반대쪽으로 시선을 옮기니 도라지꽃이 만발이다. 하얀색과 보라색 옷을 입고 미스코리아 대회에 참가한 미녀들마냥 꼿꼿이 몸을 세우고 자태를 뽐내고 있다. 인삼에 버금가는 사포닌 등 몸에 좋은 귀한 효능을 가진 데다 '영원한 사랑'을 평생 지니고 사니 왜 안 그러하겠나.

다듬어진 밭고랑 사이에는 제 소임을 다한 듯 상추 대궁이 끝에 씨방을 맺고 있다. 층층이 뜯겨 나간 자리를 보니 얼마나 많은 밥상에 제 몸을 내주며 소신공양을 해 왔나 짐작이 간다. 삼겹살을 짝지어도, 그저 맨 된장을 얹어도 차별 없이 받아들일 줄 아는 것이 상추다.

빨강 파랑 고추가 줄지어 매달려 있고 작고 노란 꽃을 피운 오이 넝쿨은 하늘 높은 줄 모르고 지지대를 타고 뻗어 오르고 있다. 어느 것 하나 허투루 남의 삶에 끼어들거나 시새움 부리지 않고 제 역할에 충실하고 있는 모습이다.

대파도 꽃을 피우기 시작했다. 둥글고 작은 공 같은 것이 꼭대기에 올라앉은 모습이 등대를 연상케 한다. 음식의 마지막 고명 역할을 하는 것이 바로 파 아니던가. 남의 앞길을 밝혀주기 위한 길잡이, 파꽃이 신기했다.

조금 지나다 보니 나도 꽃을 피울 줄 안다며 고구마꽃이 잎 사이로 수줍게 얼굴을 내밀고 있다. 좀처럼 꽃을 피우지 않는 다는 고구마도 분위기를 타고 꽃을 피웠다. 갓 시집온 새색시처럼 청초하고 어여쁘다.

넓은 참깨밭에도 꽃이 만발이다. 여러 꽃송이는 하나같이 가슴에 품고 있는 새끼들 걱정에 노심초사하고 있다. 저들은 여름 장마가 끝나갈 무렵 자손을 거둬 들인다. 그리고 누군가의 밥상에 올라 고소하게 제 삶을 펼치게 될 거다.

길 가장자리에 자리 잡은 콩잎도 자기를 봐 달라는 듯 내 바짓가랑이를 툭툭 친다. 그 손짓에 발길을 멈추고 눈을 맞춘다. 콩 또한 우리 삶의 곳곳에서 우리와 애환을 함께해 온 처지라 정이 간다.

농작물뿐만 아니라 산 밑에서 꽃술을 길게 늘어뜨렸던 밤나무도 어느새 까슬한 밤송이를 매달고 속살을 여물리고 있다. 감나무는 철모르는 땡감들을 다독이느라 잎을 넓히고 있다. 소갈머리 없이 떫은맛으로 입안에 엉겨드는 땡감들도 조금만 기다려주면 언제 그랬냐는 듯 떫은맛 우려내고 발갛게 익은 얼굴을 내밀게다. 나도 그때까지 힘내라고 응원의 눈짓을 보낸다.

아침 산책길, 여기저기 꽃을 피우며 저를 숙성시키고 있는 작물을 보니 숙연해진다. 모두 자기 수명을 다하며 알토란같은 결실을 본 것이다. 힘들게 산고를 이겨낸 만큼 귀하게 쓰이리라.

처음에는 허투루 지나쳤던 것들을 슬쩍슬쩍 엿보며 관심을 두는 사이 친구가 되었다. 그리고 이제는 그들이 살아가는 모습에 동참한다. 각자의 자리에서 꽃을 피우고 열매를 맺으며 열심히 살아가는 그들에게서 나를 돌아보며 또 하나의 삶을 배운다.

아침 운동은 매일 이들과 만나는 행복한 발걸음이요, 하루의 시작점이다.

냉이

　모처럼 봄나들이를 나선다. 아직 바람은 차갑지만 햇볕은 밝은 웃음을 선보이며 따스하게 내려앉는다. 길가에 산수유도 그 기운을 받아 노란 꽃을 활짝 내밀며 봄 마중을 나온다.

　삼성에 사는 남편 친구가 냉이가 지천이라며 오라고 한다. 도착하여 인사를 건네자 그 집 내외는 봉지와 호미를 내 손에 쥐여 주고 앞장선다. 따라간 곳은 집 뒤쪽에 있는 넓은 밭이다.

　여러 군데 파헤쳐 있는 것을 보니 벌써 누군가 휩쓸고 갔나 보다. 허리를 구부려 훑어보니 아직 남아있는 것이 군데군데 보인다. 그곳에 자리 잡고 앉아 호미로 살짝 한번 캐 주니 파릇한 잎사귀가 성큼 올라선다. 뿌리가 짧고 잎이 길쭉한 것이 참 냉이다. 두서너 발작씩 옮겨 가며 캐고 있는데 남편의 목소리가 들린다. 사람들이 캐 가서 별로 없다며 더 위쪽 밭으로 가보잔다. 일어서질 않자 친구 부인은 내 팔을 잡아끈다.

　올라간 밭에는 조금 전 미련 떤 것이 무색할 정도로 많은 냉이가 깔려 있다. "진짜 많다"를 연발하며 호미질을 했다. 황새냉이여서 한 번의 호미질로는 캐기가 힘들다. 이를 본 남편은 삽을 들고 오더니 내 앞쪽 길을 푹푹 퍼 놓는다. 흙더미 위에 있는 냉이 목덜미를 잡아당기자 길쭉하고 건실한 뿌리가 바깥세상을 향해 힘차게 빠져나온다. 쑥쑥 뽑는 재미에 시간 가는 줄 모르고 빠져든다. 그만 가자는 남편의 말이 여러 번 반복되어서야 아쉬워하며 일어섰다.

집에 돌아와 거실 바닥에 신문을 깔고 봉지를 쏟자 냉이가 수북이 쌓인다. 빨갛게 버무린 냉이 무침을 생각하니 벌써 입안에 침이 고인다. 냉이 하나씩을 들어 지저분한 잎을 떼어내고 살살 털어 그릇에 담는다. 한참을 고개 숙여 다듬다 보니 어깨며 등허리가 뻐근하다. 너무 욕심을 부렸나 보다. 세 시간여 만에 다듬기가 끝났다. 소쿠리에 한가득이다.

허리를 한번 쭉 펴고 주방으로 향한다. 큰 양푼에 담아 흙물이 나오지 않을 때까지 여러 번 씻는다. 참 손이 많이 가는 나물이다.

시장에 가면 깨끗하게 다듬은 냉이를 파는 어르신들이 있다. 몇천 원이면 한 끼 반찬으로 만들어 먹을 수 있지만 쉽게 사지 못한다. 하우스에서 재배한 냉이보다 야생에서 자란 냉이의 향이 더 좋기 때문이다. 그렇다고 모르는 남의 밭에 덥석덥석 들어가 캘 수는 없다. 예전 같지 않은 세상인심이 허락하지 않는다.

이래저래 먹을 기회가 없었는데 올해는 친구 덕분에 쟁여 놓고 두고두고 맛을 볼 수 있어 행복하다.

된장을 풀어 끓인 구수한 냉잇국과 살짝 데쳐 초고추장으로 버무린 새콤달콤한 냉이 나물이 맛깔스럽다. 향긋한 봄 내음과 함께 집안 가득 봄기운이 들어선다.

책갈피

휴대폰과 신경전이다. 아무리 여기저기 뒤져봐도 내가 원하는 게 없다. 찾고 고르기를 반복하다 그나마 마음에 드는 사진이 나오면 복사해서 저장한다. 하얀 이면지를 가로 3cm, 세로 14cm로 자르고 그 위에 꽃을 그리고 글씨체를 따라 쓰면서 색칠한다. 책갈피를 만드는 중이다.

몇 장의 책을 읽고 나면 그 페이지의 한쪽 끝을 접어 표시했다. 그다음 날도 책의 수난은 계속 이어진다. 책갈피의 필요성을 느끼지만 쉽게 문구점을 향하지 못했다. 사는 것보다 나만의 책갈피를 만들어 보는 것은 어떨까 하는 생각에 도전해 보기로 했다. 마침 작은딸이 방학이라 집에 머물고 있다. 심심해하는 아이를 꼬여 동참시켰다.

오랫동안 굳어 있던 그림 실력이라 마음먹은 대로 잘 그려지지 않는다. 딸아이의 것을 힐끔 쳐다보니 명암까지 넣어가며 제법 잘 그린다. 유치원으로 실습을 다니더니 많이 배운 모양이다.

예전엔 엄마도 제법 그랬다고 큰소리치며 다시 심혈을 기울여보지만 그럴수록 연필 끝은 엉뚱한 곳으로 가 버린다. 지우기를 반복하다가 어려운 그림은 포기하고 쉬운 그림을 선택했다. 다 그려진 것은 뒤에 노랑, 분홍, 보라 등 여러 색깔의 종이를 붙여 그림과 글씨가 돋보이게 했다. 그러고는 양쪽으로 손 코팅지 투명 필름을 붙이고 자른 다음, 위쪽에 구멍을 뚫고 가죽끈을 넣어 묶어주었다. 열 개 정도 만들어 나란히 펼쳐놓고 보니 제법 책갈피답다.

중학교 시절이 떠오른다. 그 당시 우리 마음을 뒤흔든 '캔디'라는 애니메이션이 있었다. 남자 주인공 '안소니'와 '테리우스'에게 가슴 설레며 열광하고 내가 여주인공이 되는 꿈을 꾸기도 했다. 그것도 모자라 날마다 연습장에 만화 주인공을 그렸다. 반 친구들은 순번을 정해 완성될 때마다 한 장씩 빼앗듯 가져갔다. 어떤 날은 독촉에 못 이겨 수업 시간에 책을 세워 놓고 몰래 그렸다. 그러다 선생님께 들켜서 그림책을 뺏기고 교무실로 불려 가기도 했다.

사십 년이 지났어도 그림 실력이 조금은 남아있을 줄 알았다. 몇천 원이면 좋은 것을 살 수 있지만 내가 직접 만드는 것에 의미를 두고 만들었다.

책갈피를 책 사이에 넣고 보니 품위가 있다. 하나의 작은 물건으로 가치가 달라 보인다. 품위를 갖춘다는 것은 행동을 변화시켜야 하는 내면의 노력이 필요한 일이다. 사회 구성원들도 각각의 지위나 위치에 따라 갖추어야 할 품위가 있다. 나 또한 품위 있는 삶으로 아름답게 나이 들고 싶다.

노란 국화

작은 꽃송이 하나하나가 미소를 머금게 한다. 노란 꽃을 피운 국화 몇 대궁과 하얀 국화 몇 꽃송이를 사 들고 들어왔다. 네 개의 투명한 병에 몇 송이씩 나누어 꽂아 각각의 방안에 놓으니 조명을 켠 듯 환하다. 남편이 있는 안방은 더더욱 빛을 발한다.

남편이 결혼기념일에 꽃다발을 들고 오면 한 송이만 사와도 된다며 눈을 흘기고는 했다. 내가 직접 꽃을 산 적은 애들 졸업식 때였다.

어느 날부턴가 '오로지 나만을 위한 행복을 만들어가야 하지 않을까' 하는 생각이 들었다. 그동안 아등바등 살면서 나를 위한 투자는 뭐가 있었지 하며 되돌아보았다. 딱히 목표를 정해놓고 시도한 적이 없다. 가족과 함께 하는 것이 곧 내 행복이었기 때문이다.

내가 나에게 꽃을 선물하기로 했다. 매일 집에 꽃을 피워 집안을 환하게 밝히고 싶었다. 큰마음을 먹고 처음으로 장미꽃 한다발을 샀다. 분홍, 빨강, 노란 드레스를 입고 서 있는 듯한 모습이 마치 귀부인처럼 품위가 있고 우아하다. 며칠 동안 집안 곳곳에서 춤을 추며 파티를 즐기더니 다들 지쳤는지 고개를 숙이고 있다.

새 꽃을 사려고 꽃집 앞에 섰다. 애초에 먹었던 마음과는 다르게 자꾸 망설여진다. 추석 명절로 시장을 같이 나온 둘째 딸이 그 모습을 보고

"엄마 국화꽃 좋아하지? 내가 사줄게."

그 말에 재빨리 노란 국화꽃 한 다발을 집어 들었다. 짝사랑이라는 꽃말보다는 맹목적인 사랑이나 포용이 더 잘 어울리는 꽃이다. 눈길 닿는 이곳저곳에서 국화꽃이 나를 보며 웃는다.

며칠 후 빈 화병이 횡한 눈망울로 쳐다본다. 애써 시선을 외면하고 운동을 나갔다. 테마공원으로 가는 백곡천 주위에 하얗고 노란, 여러 색깔의 풀꽃이 많이 피어있다. 순간 '꽃을 사지 말고 저걸 꺾어다 꽂으면 되겠다!' 하는 생각에 가을 뱀이 무서운 줄도 모르고 풀숲으로 들어가 꽃을 꺾기 시작했다. 이왕이면 예쁜 꽃꽂이를 하고 싶어 억새와 강아지풀도 몇 대궁 꺾어 들었다. 두 손 가득 풍성하다. 집으로 돌아가는 길에 마주 오는 사람들이 힐끗힐끗 쳐다본다. 괜스레 민망해져 걸음이 빨라진다.

꺾어온 것을 물 담긴 대야에 담가 놓고 줄기 부분의 잎을 다 훑어냈다. 하얀 옹굿나물꽃은 줄기 하나에 가지가 많아 따로 병

에 꽂고 다른 꽃병에는 익모초꽃, 뚱딴지꽃, 억새, 강아지풀을 키 높이에 신경 쓰며 정성을 다해 꽂았다. 이틀이 지나자 활짝 피었던 꽃송이들이 오므라들어 시들해져 있다. 바닥에는 그 애들의 원망이 떨어져 나뒹군다. 내 욕심이 애꿎은 꽃들만 명을 단축하고 말았다. 자연은 자연 그대로 보는 것이 좋은 것인가 보다.

다시 꽃집 앞에 섰다. 무슨 꽃을 살까 둘러봐도 노란 국화만큼 눈에 들어오는 것이 없다. 꽃다발을 들고 분위기 좋은 카페에서 아메리카노 한 잔도 마셨다. 아직은 나를 위하는 일이 쉽지는 않지만 한 가지 한 가지씩, 내 행복을 만들어가려고 한다.

비싼 체험비

고희연 초대장이 왔다. 보낸 조카의 마음을 생각해 가기로 했다. 큰아이 두 살 때니까 벌써 이십여 년이 흘렀지만 아직도 그분에 대한 앙금은 남아있다.

늦은 밤이었다. 경기도에서 친척 아주버님이 올라오셨다. 인천에 살고 있던 우리는 한 번도 오지 않던 분이 무슨 일로 오셨나 의아했다. 이야기를 들어보니 자동차를 사려고 하는데 남편의 인감이 필요하다는 것이다. 내일 아침 동사무소 가서 준다고 하니까 급하다며 인감도장을 빌려 달라고 한다. 결혼 전 친정아버지의 보증으로 힘들었던 생활이 떠올라 반대했다. 완강한 내 의견에 남편이 주춤한다. 밤 열두 시가 넘어서야 아주버님은 가셨다.

며칠이 지나서 남편이 도장을 주었다고 고백한다. 고등학교 때 전학이 안 돼서 서울로 이사 가는 부모님을 따라가지 못했다고 한다. 그때 그의 집에서 2년간 먹고 자고 하면서 학교를 마쳤다고 한다. 그 은혜를 한번은 갚아야 한다는 것이다. 남편의 마음은 알지만 보증의 무서움을 겪어 보지 못한 사람은 모른다. '얼마나 정신적으로 힘든지…' 제발 아무 일도 일어나지 않기를 바라고 친척 아주버님을 믿었다.

그 무렵 IMF가 터지면서 남편 회사도 부도가 났다. 여러 회사를 알아보았지만 어려운 경제 사정에 다들 손을 놓더란다. 할 수 없이 덤프트럭을 장만해 남편 고향인 경기도로 내려갔다. 그곳에서 일을 시작했지만 여기도 IMF 여파로 수금이 안 돼 일한 값을 받지 못했다.

경제적인 어려움이 바닥을 치고 있을 때 한 통의 우편물이 왔다. 뜯어보니 진천에 사 놓았던 아파트의 압류장이다. 억장이 무너졌다. 친척 아주버님은 분명 자동차 한 대에만 보증이 필요하다고 했다. 새빨간 거짓말이었다. 우리와 의논도 없이 자기 마음대로 여러 대의 중장비에 마구 찍어 놓고 값을 내지 않았다. 도장을 빌려준 것이 큰 잘못이고, 사람을 믿은 게 바보였다.

두 돌도 안 된 둘째 아이를 업고 집으로 찾아갔다. 어떻게 할 건지 따지는 내 앞에 등 돌려 앉아 모르겠다는 소리만 한다. 달랑 집 한 채 있는 것마저 날아가게 생겼는데 아무 대책도 세우지 않고 나 몰라라 하는 태도가 나를 더욱 미치게 했다. 평상시 말이 없고 순했던 내 입에서 많은 말이 쏟아지자 여자하고는 말하고 싶지 않다며 방으로 들어가 문을 닫아 버린다. 기가 막혀 옆에 앉아 있던 형님에게 따지니 나는 모르는 일이라며 슬쩍 밖으로 나가버린다. 피가 거꾸로 솟는다는 게 이런 거구나 절실하게 느꼈다.

어찌 알았는지 진천 아파트에 살고 있는 세입자가 집을 빼달라고 한다. 전세로 산 지 4년이 되자 주위에서 집에 대한 등기를 봐야 한다는 소리에 떼어 본 모양이다. 압류가 되어 있어 많이 놀랐다고 한다. 전세금을 못 받을까 봐 매일 전화한다. 해결 방법을 모색할 동안은 이곳을 떠날 수가 없었지만 세입자의 마음도 나하고 같은 마음일 것이다.

아무것도 해결되지 않은 상태로 살던 곳의 전세금을 빼 세입자를 내보내고 진천 집으로 이사했다. 내 이름으로 명의를 바꾸고 가등기를 신청했다. 임시방편이다. 이혼하면 아파트는 건질 수 있다는 말에 생각도 여러 번 했지만 세 살과 다섯 살인 두 딸을 볼 때마다 할 수가 없었다.

남편은 파산신청을 하고 몇 년간 개인 회생 빚을 갚아 나갔다. 매달 몇십만 원씩 나가는 돈을 생활비에서 빼낼 수는 없다며 틈틈이 아르바이트했다. 개인 회생은 최대 5년간 진행되며 월 생계비를 제외한 나머지 금액을 매달 법원에 납입하는 제도다. 바닥까지 내려간 충격에서인지 남편은 생활력 있고 믿음직스럽게 변해갔다. 그 모습에 원망이 조금씩 사라졌다.

세상은 참 불공평하고 억울할 때가 많다. 곁에 있는 사람을 구렁텅이에 몰아 놓고 정작 본인은 아무렇지도 않게 살아간다. 남의 빚을 짊어지고 갚을 수밖에 없는 보증이란 제도가 몸서리 치게 싫다. 우리는 비싼 체험비를 내고 인생 살아가는 방법을 오지게 터득했다.

조카들이 아버지 칠순 잔치에 우리를 초대하기 쉽지 않았을 것이다. 그런데도 자리를 마련해 준 아이들이 기특하다. 불편한 마음을 한곳에 묻어 두고 축하금과 함께 항상 건강하시라 전한 다.

행복과 삶의 흔적

베란다에서 내려다보이는 들녘은 노랗게 물들어 있다. 며칠 지나면 청춘을 다 받쳤던 그 자리에 앙상한 뿌리의 흔적들만 남긴 채 시나브로 사라질 것이다. 그래도 누군가를 위해 알곡을 남기고 가니 헛산 것은 아니다. 살던 곳에서 운은 다했지만 또 다른 인생인 쌀과 볏짚이란 이름으로 다시 태어나 필요로 하는 이들에게 살아갈 힘을 실어주니 말이다. 그들의 삶을 생각하며 지나온 시간을 되돌아본다.

'나는 올 한 해 무엇을 위해 바쁘게 살았을까?'

언제부턴가 퇴근하면 운동이다, 모임이다 하면서 밖으로만 나돌았다. 모처럼 집에 있는 날이면 청소는 뒷전이고 학교 과제와 글을 쓴다면서 노트북만 붙잡고 살았다. 어지르는 아이들 없이 둘이서만 살다 보니 더 신경을 안 쓴 것도 사실이다. 집안 살림에는 점점 무신경해졌다. 청소기 담당이었던 남편도 언제부턴가 손을 놓아버린 것 같다. 지난해까지만 해도 절대 있을 수 없는 일이다.

　바닥에 먼지가 조금이라도 눈에 보이면 자꾸 신경이 쓰여 걸레를 들고 바로 해결해야만 직성이 풀렸다. 침대며 거실 장도 혼자 거뜬히 들어 이리저리 옮기며 청소했다. 집뿐만 아니다. 직장에서도 선반이나 서랍 속 물건이 제자리에 있어야 할 것들은 그 자리에 있어야 했다. 보기 좋게 정리가 되어 있어야지만 마음이 안정되고 편안했다. 그런 나에게 주위 사람들이 "결벽증이다, 지 신세를 지가 볶는다."라고 혀를 찼다.

　오십을 넘기면서 모든 게 버거워졌다. 가구를 번쩍번쩍 들던 힘도 이제는 남편이 아니면 할 엄두를 못 낸다. 깔끔 떨던 행동도 점점 무뎌지면서 정리할 것이 보여도 '나중에 하지 뭐' 하며 눈을 감고 외면해 버린다. 그러다가 더 이상 안 되겠다 싶으면 큰마음을 먹고 일요일 하루를 잡아 몰아치기 대청소를 한다.

　오늘이 그날이다. 두 손 걷어붙이고 거실에 있는 쿠션과 물건들을 치우고 청소기를 돌린다. 바닥 걸레질을 한 번으로는 만족하지 못해 두 번씩 박박 문지르며 닦는다. 양쪽 베란다 타일 바닥도 물을 뿌려가며 솔로 밀어댄다. 베란다 문틀 안에 낀 검은 애들이 자꾸 날 쳐다보지만 모른 척 뒤돌아선다. 날 좋은 날 했다가는 아래층에서 경비실로 연락해 방송을 태우기 때문이다. 어느 날인가 무심코 했다가

　"베란다 물청소하시는 분 하지 마세요."

거실 벽에 있는 공용 스피커를 통해 쩌렁쩌렁 울려댔다. 얼마나 뜨끔하던지 그날 이후로는 할 수가 없었다.

방이나 거실 서랍 안에 널브러져 있는 물건들도 다 쏟아내고 차곡차곡 보기 좋게 정리한다. 미니 술병을 모아 놓은 장식장도, 사진을 진열해 놓은 곳도 닦고 정리하다 보면 어느새 저녁때다. 청소와 정리가 끝난 집안을 둘러보니 깔끔해 보여 마음까지 개운하다. 행복한 이 기분을 커피 한 잔과 더불어 긴 여운을 느끼고 싶어졌다.

원두를 그라인더로 갈아 커피 메이커에 물과 함께 넣고 거실 탁자 앞에 앉는다. 몇 초 뒤 보글보글 소리와 함께 커피 액이 내려지면서 온 집안에 진한 아메리카노 향이 그윽하게 차오른다. 머그잔에 커피를 담고 노트북 전원을 켠다. 내 행복과 삶의 흔적을 남기기 위해 오늘도 글을 쓰며 바쁘게 살아간다.

나는 누구

독서지도사 3급 과정을 신청했다. 독서문화진흥 강사양성프로그램이다. 도서관 문화행사로 진천군립도서관에서는 신청자가 적어 혁신도시도서관에서 교육을 받는다. 매주 수요일마다 두 시간씩 13주 과정이다. 지난해에는 비대면 화상수업으로 진행했다고 한다. 첫 수업에 15명이 참여했지만 점점 줄더니 5명만 수료를 마쳤단다. 강사는 할 수 없이 이번엔 대면 수업으로 하겠다고 도서관에 요청했다.

첫 수업일, 도서관 지하 다목적실로 들어섰다. 십오 분 일찍 도착했더니 강사와 도서관 관계자만 있다. 교육생으로는 내가 일등이다. 두 번째 자리에 앉았다. 뒷자리를 좋아하지만 나이가 들면서 자꾸 앞쪽으로 가게 된다. 앞자리는 긴장감에 몸이 굳고 신경이 쓰이는 어려운 자리다. 강사와 눈길이 마주치기라도 하면 슬쩍 얼굴을 돌리게 된다.

열 시가 가까워지자 한두 명씩 들어와 띄엄띄엄 거리를 두고 앉는다. 강사가 자신을 소개하며 대면으로 만나게 돼서 더 반갑다고 인사한다. 주위를 둘러보니 다들 젊은 새댁이다. 중년인 내 나이에 배울 교육이 아닌가 하는 생각에 괜히 뻘쭘해진다.

강사는 종이를 주면서 그 안에 숫자나 그림을 그려 넣어 자신을 소개하라고 한다. 받아 든 흰 종이에는 '나는 누구?'라는 글자와 큰 네모 여섯 개가 있다. 순간 당황스러웠다. 나를 어떻게 표현해야 할까, 여섯 칸을 다 채울 수나 있을까. 연필이 허공만 맴돌 뿐 종이 위로 사뿐 내려앉질 못한다. 강사가 먼저 예시로 보여주었지만 쉽게 그려 넣을 수가 없다. 5분의 시간을 주었는데 다 채우지 못하자 조금 더 기다려준다.

강사는 제일 먼저 교실에 도착한 나부터 그림을 들고 이야기하란다. 말주변이 없어 먼저 하는 이들을 보려고 했는데 아무 소리도 못 하고 앞으로 나갔다.

첫 칸은 대학모를 쓴 여자를 그려서 지금 한국방송통신대학교 3학년임을 표현했고, 두 번째 칸에는 숫자로 5, 4를 써서 내 나이를 밝혔다. 세 번째 칸은 책과 연필을 그려 넣어 글 쓰는 작가라고 했고, 다음은 여자 두 명으로 27세와 25세 된 딸이 있다고 이야기했다. 그러자 "와아!" 하는 소리가 이쪽저쪽에서 들린다. 민망스러움에 얼굴이 붉어진다. 다섯째 칸은 카페 가는 것을 좋아한다는 뜻으로 머그잔을 그렸다, 마지막 칸엔 큰길 양옆에 꽃을 그려 넣고 꽃잎을 빨간 볼펜으로 색칠했다. 꽃길을 좋아하고 앞으로 이런 꽃길만 걸어가기를 희망한다고 말했다.

소개가 끝나자 쑥스러움이 몰려와 얼른 내 자리로 돌아가 앉았다. 다른 교육생들도 차례로 나와 그림 솜씨를 뽐내며 설명한다. 삼십 대 후반부터 사십 대 초반으로 유치원 아이나 초등학생을 둔 부모다. 다들 아이 교육이나 돌봄으로 힘들다는 내용이 들어가 있다. 나와는 십 년이 넘는 나이 차이다. '그들 나이 때 나는 어떤 삶을 살았지?' 하는 생각에 잠시 되돌아본다.

서른일곱 살에 직장을 다니기 시작했다. 큰아이가 초등학교 2학년, 둘째가 병설유치원을 다닐 때다. 큰딸은 학교 수업이 끝나면 곧바로 집에 가서 동생 밥을 챙겨 먹이고 돌봤다.

어느날 "내가 식모 같아…." 하면서 큰아이가 엉엉 울었다. 그 말에 가슴이 찢어지는 듯 아팠다. 지금 생각해도 마음이 먹먹하고 코끝이 찡해진다. 나도 어릴 적에 동생 넷을 돌보느라 힘들었다. 내 말은 듣지 않고 다들 제멋대로였다. 바쁜 부모님에게는 말도 못 하고 혼자 눈물을 훔친 적이 많았다. 큰아이가 얼마나 힘이 들었으면 그리 말했을까 싶다. 어려워도 아이들이 조금 더 큰 다음에 직장을 다닐 걸 하는 후회를 자주 했다.

한 엄마가 "딸들이 다 커서 걱정도 없고 좋으시죠?" 한다. 그 말에 "삼사십 대가 제일 좋은 나이예요" 하고 웃어넘겼다. 지금은 힘들겠지만 그래도 집에서 아이와 함께 놀아주고 챙겨주면서, 배우고 싶은 것을 배우러 다니는 젊은 엄마들이 부럽기만

하다.

　'나는 누구'라는 여섯 칸을 어떻게 채우나 막막했지만 지금의
나를 되돌아보고 들여다보면서 앞으로의 나를 찾을 수 있었다.

나를 키우며 사는 일

커피 한 잔에 여유를 가져본다. 오롯이 나를 위한 시간이다. 주말을 이용해 카페 투어에 나섰다. 휴대폰 인터넷에 올라온 예쁜 카페나 전망이 좋아 보이는 곳이 있으면 바로 길 찾기를 누른다. 굽이굽이 외진 산길로 들어설 때는 이 길이 맞나 싶지만 내비게이션만 믿고 따른다. 기대만큼 좋은 곳도 있지만 실망스러운 곳도 있다. 한 번 와 본 걸로 만족하며 아메리카노 한 잔을 주문한다. 언제부턴가 감정 변화가 심하더니 근래에는 무기력증마저 생긴 것 같다. 몸과 마음이 따로 놀고 모든 것을 내려놓고 산다.

직장인의 한 주 시작과 끝은 매번 다를 게 없다. 평일은 직장 나가고 주말은 집 청소를 하거나 이것저것 다 귀찮으면 이불 속에서 뒹굴뒹굴한다. 그러다 한 주가 시작되고 또다시 다람쥐 쳇바퀴 돌 듯한다. 한 달이 지나고 나면 무엇을 했는지 알 수 없고, 무슨 낙으로 살고 있나 하는 생각에 사로잡히고 만다. 그렇다고 새로운 도전은 늘 겁이 나 선뜻 대들지도 못한다. 마음을 다스리기 위해 내가 가진 생활 여건 안에서 소소한 즐거움이라도 찾아야 했다.

수필집 한 권을 들고 규모가 큰 카페를 찾아 나섰다. 작은 카페는 긴 시간 동안 한 자리를 차지하고 있으면 눈치가 보이기 때문이다. 2층으로 올라가 붐비지 않는 한쪽 끝자리에 앉아 커피를 마시며 책을 읽어 내려간다. 집중하다 보면 주위의 소음은 신경 쓰이지 않는다. 세 시간 정도면 한 권의 책을 다 읽게 된다. 집에서는 절대 읽지 못할 분량이다. 책을 내려놓고 창밖을 내려다본다. 들어올 때와는 다르게 마음이 차분해지고 풍요롭다.

주위를 둘러보니 다들 커피와 빵을 시켜 놓고 함박웃음을 지으며 이야기꽃을 피우고 있다. 카페는 많은 이들이 오고 가는 소통의 장소다. 아이들을 동반한 가족, 연인, 나이 많은 어르신 등 연령대도 다양하다. 예전엔 집안에 행사가 있으면 밥과 커피는 집안에서 해결했다. 요즘은 번거로워서인지 식당 가서 밥을 먹고 카페로 이동하는 가족이 늘고 있다. 사람들이 우르르 들어왔다가 빠져나간다. 행복을 한아름 안고 가는 뒷모습이 훈훈해 보인다.

곳곳에 카페가 들어서고 있다. 커피와 빵값이 부담되지만 삶의 여유 값으로는 충분한 것 같다. 이렇듯 주말을 잘 이용한 그다음 한 주는 새로운 마음과 긍정적인 마인드로 작은 실수는 웃어넘길 줄 아는 아량이 생긴다.

더불어 살아갈 수밖에 없는 공동체 사회에서 소통과 공감은 당연한 조건이며 현대인의 덕목이라고 한다. 따뜻한 커피를 함께 마시고 은은한 눈빛을 주고받으며 온기를 나눌 수 있다면 이것이 진정한 공감이며 소통이라 할 수 있다. 그런 이유로 많은 사람이 분위기 좋은 카페를 찾는지도 모른다. 또한 나처럼 마음의 여유를 찾고자 하는 이들도 있을 것이다. 나이가 들면서 나 자신을 찾고 키우며 사는 일이 쉽지는 않다. 그래도 자기 자신을 사랑하며 한 걸음씩 성장해 나간다면 이보다 더한 행복은 없을 것 같다.

커다란 통창 앞에 자리를 잡고 커피 한 모금을 마신다. 저수지에 살포시 내려앉은 윤슬이 내 마음으로 흘러들어온다.

chapter - 4

또 하나의 꽃밭

친정엄마가 오십 대 초반에 갑자기 돌아가시면서 내게 남긴 것은 사진 몇 장과 사용하던 휴대폰 그리고 점점 잊혀가는 기억의 파편들이다. 많은 것을 추억할 수 없다는 것이 마음을 공허하게 만든다.

미래에 남겨질 두 딸을 생각했다. 나의 일상적인 일들을 글로 풀어내면서 작은 소망 하나를 가지게 되었다. 살아온 이야기를 책으로 엮어내는 일이다. 엄마의 이야기를 두고두고 읽으면서 추억으로 간직하고 외롭지 않았으면 좋겠다는 마음에서다. 오랫동안 남겨질 수 있는 글이 소중하게 느껴진다.

또 하나의 꽃밭

한차례의 꽃 잔치가 끝났다. 그 뒤를 이어 철쭉과 영산홍이 붉은빛으로 피어오르기 시작한다. '도란도란 이야기 문학 카페'에도 이제 막 새봄을 알리려고 여러 명의 수줍은 꽃들이 모였다. 봄 햇살을 닮은 화사한 옷차림으로 한껏 멋을 내고 서로의 안부를 묻는다.

수필 교실 개강식 날이다. 앞으로 어떤 좋을 일, 행복한 일들이 글로 펼쳐질지 벌써부터 가슴이 두근두근 방망이질을 해댄다.

지난 한 해를 담은 추억의 동영상이 눈앞에 펼쳐진다. 다시 봐도 반갑고 새롭다. 여러 백일장에 참여했던 모습이 고스란히 담겨있다. 머리를 쥐어짜며 심각하기 그지없다. 글 한 편을 끝내고 돌아선 얼굴은 세상 다 얻은 듯한 행복한 표정이다. 좋은 결과도 있고 아쉬움도 있지만 그저 그렇게 함께 같은 방향을 걸으며 마음을 나누는 것 자체가 즐겁기 때문이리라.

영상을 보며 누군가 "어머 왜 이렇게 다들 젊어?" 한다. 불과 몇 개월 지났을 뿐인데 그새 폭삭 늙었다며 우스갯소리를 하자, 너도나도 글 밭을 일구느라 이리됐다고 푸념한다. 저마다 쏟아낸 글을 주마다 몇 편씩 들여다보고 흙을 북돋우며 순치고 가지치며 가꾸어 오지 않았던가. 그곳엔 희망, 추억, 아픔 모든 게 녹아 있다.

수강생들이 한 사람씩 돌아가며 이야기를 시작한다. 수필 교실에 나오기만 해도 행복하다는 분도 있고, 남편의 지지에 힘입어 다닐 수 있었다며 고마움을 표현하는 분도 있다. 다문화인 한 분은 글을 배우면서 좋은 일이 많이 생겼고, 그로 인해 자기 자신이 성장했다며 울먹인다. 눈시울이 붉어진다. 뒤이은 내 목소리도 덩달아 떨리고 눈물이 났다.

친정엄마가 오십 대 초반에 갑자기 돌아가시면서 내게 남긴 것은 사진 몇 장과 사용하던 휴대폰 그리고 점점 잊혀가는 기억의 파편들이다. 많은 것을 추억할 수 없다는 것이 마음을 공허하게 만든다.

미래에 남겨질 두 딸을 생각했다. 나의 일상적인 일들을 글로 풀어내면서 작은 소망 하나를 가지게 되었다. 살아온 이야기를 책으로 엮어내는 일이다. 엄마의 이야기를 두고두고 읽으면서 추억으로 간직하고 외롭지 않았으면 좋겠다는 마음에서다. 오랫동안 남겨질 수 있는 글이 소중하게 느껴진다.

토요일이 되면 며칠간 머리 싸매고 써 놓았던 글 한 편과 간식을 챙겨 문학관으로 향한다. 그곳엔 한결같은 미소를 띠고 반겨주는 선생님이 계시다. 교실에 들어서자마자 따스한 온기가 전해져온다.

　평일에는 많은 수강생이 있는 반면 토요일은 십여 명이 참여한다. 직장인을 위한 선생님의 배려다. 무언가 부족하고 불안했던 글이 선생님과 함께 교정하고 보완도 하면서 매끄럽게 다듬어진다. 한 편의 작품이 탄생되는 순간이다. 글뿐만 아니라 수강생들의 인생에 전환점도 만들어 준다. 좀 더 앞으로 나아갈 수 있게 진로를 열어 주기도 하고, 많은 조언도 아낌없이 해주신다. 우리는 선생님의 끝없는 열정에 글도, 마음도 점점 성숙해져 간다.

　오늘도 변함없이 수필 교실에는 웃음꽃이 활짝 피었다. '도란도란 이야기 문학 카페'라는 푯말을 내걸고 각기 다른 향기를 내면서, 또 하나의 꽃밭을 만들어간다.

좋은 인연

제법 굵은 비가 후드득후드득 창문을 세차게 두드린다. 며칠째 장맛비가 내린다. 늦은 저녁 지인이 줄 것이 있다며 아파트 입구로 나와 달라고 한다. 블루베리잼 한 통을 들고 나갔다. 그녀는 묵직한 봉지 두 개를 나에게 건네준다. 큰 노각 하나와 무 네 개가 들어 있다. 아이들 없이 둘이 먹기에는 많은 양이다. 더구나 나는 집에서 아침과 저녁을 먹지 않는다. 다이어트 목적으로 시작된 것이 어느새 습관이 되었다. 먹고 싶을 땐 회사 휴게실로 간다. 식빵과 우유, 시리얼이 직원들 식사 대용으로 준비되어 있다. 처음 혼자 밥상을 받는 남편은 왜 밥을 굶느냐고 투덜댔지만 이제는 스스로 차려 먹기도 한다.

내가 사는 아파트에 친하게 지내는 이들이 있다. 무를 나누어 준다고 하니까 다들 좋아한다. 먼저 3층에 사는 언니에게 무 하나를 들고 갔더니, 아침에 밭에 가서 따왔다며 상추와 치커리가 들어 있는 채소 한 봉지를 안겨준다. 그중 아삭이 고추는 첫 수

확이라고 하는데 유난히 크고 실하다. 하나를 주고 많은 걸 얻었다. 또다시 무 하나와 노각 반을 잘라 2층으로 내려갔다. 그곳에서도 긴 호박 한 개를 준다. 받아온 것을 식탁에 올려놓고 보니 또다시 한 바구니다.

호박의 반은 새우젓으로 볶아 나물로 만들었다. 나머지 반은 된장찌개용 두께로 썰어서 지퍼팩에 담아 냉동실에 넣었다. 상추를 해결하려면 내일은 삼겹살을 먹어야 할 것 같다. 이렇듯 서로 챙기다 보니 여행 가서 맛있는 것이나 좋은 게 있으면 하나를 더 사서 전해주기도 한다.

이십여 년 전, 이곳 진천에 내려와 처음 자리를 잡은 아파트에서 만난 인연이다. 동기간은 아니지만 언니, 동생 하며 지내왔다. 다른 아파트로 몇 번 이사 가기도 했지만 첫정이 들어서인지 다시 돌아와 지금까지 살고 있다. 물질을 나누다 보니 마음까지 풍성해진다. 이런 인연들이 있기에 내 삶이 더 윤택해지고 행복하다.

혜민 스님은 '좋은 인연이란 시작이 좋은 인연이 아니라 끝이 좋은 인연이다.'라고 했다. 나와 상관없이 시작된 인연이라 할지라도 어떻게 마무리하는가는 나 자신에게 달렸다고 한다.

좋은 인연도, 악연도 내가 만들어간다고 생각하니 스스로 되돌아보게 된다.

새로운 변화

복지관 4층이다. 한 명 두 명 수강생이 들어와 자리를 잡고 있다. 강사의 인사와 함께 신나는 음악이 스피커를 통해 쾅쾅 울려 퍼진다.

줌바댄스는 스트레칭과 라틴댄스를 혼합한 스포츠 댄스다. 간단한 스텝을 반복적으로 해서 누구나 쉽게 따라 할 수 있고, 다이어트에도 좋은 운동이다. 월요일부터 금요일까지 운영한다. 50분은 안무와 함께 흥겹게 흔들고 나머지 10분은 근력운동으로 마무리한다. 온몸이 땀범벅이지만 마음만은 개운하다. 이제는 마음속에 붙잡고 있던 아버지의 그림자를 놓아드릴 수 있을 것 같다.

일요일 저녁, 남동생한테 연락이 왔다. 아버지를 모시고 병원에 가고 있다고 한다. 몇 년 동안 투병 중이셨지만 며칠 입원하고 치료하면 금방 좋아졌기에 '괜찮으시겠지….' 하는 마음에 크게 걱정하지 않았다. 그런데 이번만은 달랐다. 남동생의 다급한 전화 목소리가 그러했다. 허둥지둥 겉옷을 걸쳐 입고 순천향대 천안병원으로 향했다.

중환자실에 자리가 없어 응급실에 계신다고 한다. 주위를 둘러보니 119구급대원의 펌프 인공호흡기에 의지하고 있는 아버지가 보인다. 순간, 숨이 막히고 온몸이 굳어버렸다. 눈물만 하염없이 쏟아진다. 그런 나를 바라보는 아버지의 눈빛에 용기를 내 한 걸음씩 다가갔다. 힘없이 놓여있는 아버지의 손을 잡았다. 차가웠다. 이불을 하나 더 덮어드리고 꼭꼭 주물렀다.

'내 온기가 전해져 따뜻해지길 빌면서….'

이런 마음을 느끼셨는지 '우리 큰딸 괜찮아!' 하는 듯 눈을 연거푸 껌벅이신다. 그 두 눈에 눈물이 고여 흘러내린다. 마지막을 아시는 걸까.

6시간 만에 중환자실에 자리가 났다고 연락이 왔다. 서둘러 자리를 옮겼다. 아버지가 우리 오 남매를 쳐다보자 동시에 "아버지 괜찮아지실 거야, 힘내세요!" 하며 용기를 내시라고 했다. 두서너 시간이 흐른 뒤 안에서 간호사가 부른다. 가슴이 철렁 내려앉았다. 마음 졸이며 들어갔다. 아버지는 두 눈을 감고 계셨다. 모두 울부짖으며 침대에 매달렸다. 우리 곁을 떠나는 아버지를 쉽게 보내드릴 수가 없었다.

인생이 덧없고 허무했다. 응급실에서 사투를 벌이시던 모습이 머릿속에서 떠나지 않는다. 옆에서 누가 웃겨도 즐겁지 않았다.

말수도 점점 줄어들고 혼자 있는 시간이 많아졌다. 그러다 '아, 이런 게 우울증이겠구나!' 싶어 정신이 번쩍 들었다. 새로운 변화가 필요했다. 지금까지 못한 경험을 한번 해보기로 했다. 그중 한 가지가 줌바댄스다. 춤에 일가견이 없고 몸치인 나에 대한 모험이자 도전이었다. 신나는 음악에 몸을 맡기니 마음이 한결 가벼워진다.

동생들과 납골당으로 아버지를 뵈러 갔다. 함께 찍은 가족사진 속에서 아버지가 나를 향해 활짝 웃으신다. 그 웃음 속에는 동생들과 잘 지내고, 행복하게 살라고 하는 것 같았다.

복지관으로 향하는 발걸음이 사뿐사뿐하다.

특별한 소풍

소풍날이다. 장소는 '만뢰산자연생태공원'이다. 영산홍과 야생화가 곳곳에 피어있고 오리나무처럼 큰 나무들이 우거져 있다. 잘 정리된 잔디밭 위로 고즈넉한 정자가 터줏대감처럼 자리를 잡고 어서 오라는 듯 우리를 반긴다.

8명의 '장터 글방' 어르신과 '도란도란 이야기 문학 카페' 문우 10명이 함께 했다. 한 선생님을 모신 두 그룹의 만남이다. 처음 소풍에 나섰다며 수줍게 웃는 어르신들이 마치 어린아이 같다. 색색의 옷을 차려입고 모자까지 갖추어 한껏 멋을 내셨다. 걷기에 자신 있는 어르신은 선생님을 따라 공원 산책길에 나섰다.

5월인데도 아침이라 그런지 널찍한 정자 안의 그늘은 추웠다. 다들 햇볕을 찾아 삼삼오오 모여 앉아 수다와 함께 따스함을 즐긴다. 그것도 잠시 이 순간을 놓치지 않으려는 본능들이 발동하여 너도나도 휴대폰을 꺼내 사진 찍기에 바쁘다. 또 하나의 추억을 담는 것이다.

햇빛이 내려앉은 정자 옆에 돗자리를 폈다. 산책길에 나서지 못한 어르신들에게 먼저 자리를 내어주고 무릎에 담요를 덮어드렸다. 과일을 꺼내 먹으며 잠시 휴식을 취하는 사이 공원을 둘러보던 이들이 돌아온다. 다들 일어나 맞이하며 준비한 과일을 내어놓는다.

이야기꽃을 피우는 동안 눈치 빠른 몇 분이 식사 준비로 분주히 움직인다. 순식간에 푸짐한 음식이 돗자리 위에 차려졌다. 갖가지 나물과 김치, 양념된 불고기가 입맛을 끌어당긴다. 거기에 하얀 쌀밥과 구수한 된장 아욱국까지 정말 완벽한 조합의 꿀밥상이다. 조금 이른 점심이지만 너도나도 젓가락을 들고 이것저것 맛을 보더니 너무 맛있다며 난리다. 어르신들은 특히 고추에 찹쌀가루를 묻혀 익힌 고추 무름과 아욱국을 맛있게 드신다. 이 훈훈한 풍경 또한 놓칠세라 여러 각도로 사진을 찍어 담는다.

소화도 시킬 겸 공원 구경에 나섰다. 넓게 펼쳐진 진분홍 꽃잔디 언덕이 눈길을 사로잡는다. 나지막이 자세를 낮추어 자신들의 아름다움을 전하는 그들의 모습에 마음이 따뜻해져 온다.

그 옆 언덕길에는 군데군데 이름표를 내걸고 작약과 꿀풀꽃 등 여러 야생화가 다소곳이 앉아 있다. 수줍음 속에서도 자신의 아름다움을 봐달라는 듯 여기저기서 손을 흔들어댄다.

조금 올라서니 노란색과 빨간색 옷을 입은 미끄럼틀이 아이들을 반기고 있고, 그 옆으로 부모들이 편히 쉴 수 있는 정자가 자리 잡고 있다. 이곳에서 많은 가족이 즐거움을 나누며 행복에 머물다 갔을 것이다.

데크 길 옆으로 붉은색 꽃이 무리를 지어 줄기마다 옹기종기 매달려 있다. 이름을 보려고 푯말을 찾아보았지만 보이지 않는다. 그러자 다들 이름 맞추기에 열을 올리며 여러 가지 꽃 이름을 댄다. 도대체 무슨 꽃인지 알 길이 없어 휴대폰을 들이대고 네이버 검색창에 있는 네모난 액자 그림을 누르고 찍었다. 그제야 속 시원하게 이름을 가르쳐 준다. 병꽃나무란다. 연둣빛 잎사귀와 진한 분홍색 꽃이 어우러져 싱그럽게 보인다. 그 길을 따라 오리나무가 우거진 숲길을 내려가다 보니 조금 전 자리를 깔아 놓고 쉬던 정자가 나타났다.

두 그룹의 제자들이 케이크를 준비해 며칠 남지 않은 스승의 날을 축하하며 초에 불을 붙였다. "어머, 어머 웬일이야!"를 외치며 연신 손뼉을 치는 선생님의 모습이 봄날의 꽃처럼 화사하다.

영산홍꽃 뒤로 어르신들이 나란히 서서 카메라를 응시한다. 화면 속에 들어선 모습은 팔십여 년의 풍파 속에서도 흔들림 없이 꿋꿋하게 버텨온 꽃이다. 아낌없이 모든 걸 내어주는 해바라기꽃 같다. 가슴이 뭉클해져 온다. 소풍은 나이에 상관없이 언제나 즐겁고 행복에 젖게 한다. 어르신들의 모습에서 돌아가신 엄마의 모습을 본다. 오늘따라 유난히 그립다.

조카의 비밀

3일간 '생거진천 문화축제'가 열렸다. 마지막 날 아침 걷기대회가 있다. 아산에서 온 남동생 가족들과 함께 참여했다. 네 살배기 조카는 유모차에 태우고, 초등학교 4학년인 여자아이는 내 손을 잡고 사람들 틈바구니에서 천천히 걸음을 옮겼다. 참가자가 많아 제대로 걷지도 못하고 한동안 떠밀려갔다. 걸음들이 빨라지고 간격이 벌어지면서 시야가 훤해졌다. 그제야 길옆에 핀 노란 국화꽃과 황금 들녘이 한눈에 들어온다. 마음까지 노랗게 물든 듯 평안해진다.

조카아이의 손을 처음 잡아본다. 사람들 틈에서 놓칠까 봐 얼떨결에 잡았지만 어색하기만 하다. 주위 풍경도 얘기하고 학교생활도 물어보며 이런저런 얘기를 끄집어내어 본다.

걷기대회를 처음으로 참여하는 아이가 "어디까지 가야 해요?" 하며 묻고 또 묻는다. 세 개의 다리를 만나야 하는데, 출발할 때 다리 하나를 지나왔으니 이제 두 개가 남았다고 했다. 그랬더니 그렇게 멀리까지 가야 하냐며 두 눈을 동그랗게 뜨고 쳐다본다. 20분이면 갈 수 있다고 다독였다. 두 번째 다리가 보이자 아이는 함박 미소를 띠며 "아싸, 이제 하나 남았다!" 한다.

그때 옆에서 강아지 한 마리가 앙칼지게 짖어댄다. 깜짝 놀라 쳐다보자 아주머니는 미안했는지 걷기 싫다고 이리 앙탈을 떤다며 슬며시 끌어안는다. 그러고는 너 아니면 벌써 저 앞에 갔을 거라며 강아지를 타박한다. 그러자 조카는 유모차를 타고 가는 동생과 강아지가 똑같다고 깔깔거리며 웃어댄다.

반환점인 세 번째 다리가 보인다. 입구에서 4명의 진행요원이 참가자에게 경품 번호표를 나누어 주고 있다. 번호표를 받고 다리 위를 지나 반대편 길로 들어섰다. 두 갈래의 길이 나누어져 있다. 언제 만들었는지 나무 데크로 산책로를 만들어 찻길과 구분되어 있고, 다리 밑 백곡천 옆으로는 빨간색 우레탄을 깔아 길을 만들어 놓았다. 지난 대회 때는 없던 길이다. 우리는 다리 밑에 있는 길을 택했다.

길옆에 쭉 뻗어 올라선 미루나무를 보니 매끈하게 잘 자랐다. 반대편 길에서 내려다본 미루나무와는 사뭇 느낌이 다르다. 눈높이 시선에 따라 이리 달라 보일 수 있다는 게 참 신기하다. 무슨 나무냐고 물어보는 조카에게 이름을 가르쳐 주면서 노래도 있다고 했더니 불러 달란다.

"미루나무 꼭대기에 ○○이 팬티가 걸려 있네…."

고모가 어렸을 때 남자애들이 여자아이들 이름을 붙여 부르면서 많이 놀렸다고 했다. 아이는 그런 노래가 어디 있냐며 킥킥댄다. 어색하게 맞잡고 있던 손을 어느새 앞뒤로 흔들며 이야기꽃을 피운다.

갑자기 조카는 비밀 이야기를 해주겠다며 귓가에 대고 속삭인다. 저녁에 아빠랑 단둘이 데이트하기로 했단다. 며칠 있으면 부모님 결혼기념일이라며 아빠가 엄마 몰래 준비할 선물을 여자인 자기가 봐주어야 한다는 것이다. 열한 살짜리 조카의 생각이 참으로 기특하고 야무지다.

도착 지점인 행사장으로 들어와 자리에 앉았다. 경품 번호표를 꼭 들고 행운을 기대하며 사회자 목소리에 집중한다. 번호를 부를 때마다 아이는 울상이다. 번호가 5개나 있는데 어떻게 하나도 맞지 않느냐며 투덜투덜 댄다. 그 모습마저 사랑스럽다. 곱게 뻗어 올라간 미루나무처럼 올곧게 잘 자라주었으면 하는 바람이다.

도전

올해 남편이 동네 친구들 모임에서 회장직을 맡게 되었다. 모임 일정을 단체 카카오톡으로 보내면 계속 울리는 알림 소리가 싫다며 개인 문자로 일일이 보낸다. 그것을 보다 못해 모임 밴드를 만들어 주고, 본인 글에만 울리도록 알람 설정을 해주었다. 그 덕에 바빠진 건 나였다.

일정에 관한 내용을 내 카카오톡에서 작성해 남편 휴대폰으로 보내면 그것을 복사해 올린다. 휴대폰 기능을 잘 활용하지 못하는 남자가 우리 남편만은 아니다. 밴드를 개설하고 초대 링크를 보내면 바로 들어오는 사람이 있는가 하면 며칠이 지나도 보지 않는 분이 있다.

남편은 글 올릴 때마다 울리는 알람 소리가 싫다, 데이터를 많이 쓴다면서 핑계 아닌 핑계를 댄다. 설정 들어가면 해결할 수 있는 기능이 있는데 잘 알지 못할뿐더러 신경 쓰기 싫기 때문이다. 댓글도 잘 올리지 않는다. 그러하기에 가끔 남편 휴대폰을 관리해 준다.

휴가철을 맞이해 강원도 영월로 1박 2일 놀러 가자는 얘기가 나왔다면서 남편은 나에게 알아보라고 한다. 3주 뒤로 잡힌 일정에 몸이 바빠졌다. 급한 것이 숙소였다. 인터넷으로 동강이 보이는 펜션을 알아보았다. 몇 군데 전화해서 물어보니 예약이 다 되어 있다고 한다. 조급한 마음에 이곳저곳 눈 빠지게 찾고 또 찾아본다. 한 펜션에서 12명 인원이 들어갈 수 있는 방이 있다고 해서 곧바로 입금했다.

이틀 동안의 일정도 짜야 하는데 느긋한 남편은 나중에, 나중에 하면서 뒤로 미룬다. 내 모임도 아닌데 초조한 건 나였다. 시간 날 때마다 인터넷으로 영월 관광지를 찾아보았다. 여러 동굴과 유적지가 있다.

일정표를 만들어 남편 모임 밴드에 올렸다. 첫째 날 오전은 한반도 지형을 보고 오후에는 래프팅으로 잡았다. 둘째 날은 김삿갓 유적지와 고씨동굴을 보는 것으로 정했다. 수고했다며 어깨를 두드려 주는 남편을 향해 눈을 흘겼더니 멋쩍은 웃음을 짓는다.

여행 당일 몇 명의 친구가 빠진 자리에 부부팀과 아이들로 채웠더니 열네 명이 되었다. 각자 사는 곳이 달라 개인차로 움직여 영월 근처 휴게소에서 만나기로 했다. 여덟 명의 인원이 제시간에 모였다. 다른 이들은 조금 늦는다며 펜션으로 바로 간다고 한다. 총무는 전날 장을 못 봐서 이곳에서 사야 한다며 친구 세

명과 함께 먼저 한 차로 떠난다. 계획대로 되지 않아 신경이 쓰였다. 부슬부슬 비까지 내렸다. 남은 우리라도 일정대로 한반도 지형을 보러 가자고 했다.

주차장에는 휴가철이라 그런지 차량이 많았다. 사람들이 올라가는 곳을 따라 걸어갔다. 구불구불한 산속 오솔길은 비가 내려 질퍽거렸다. 흙이 신발에 잔뜩 묻고 종아리까지 튀어 올랐다. 삼십 분이 되었을까. 눈앞에 전망대가 나타났다. 내려다보이는 곳에 푸른 한반도 지형이 강줄기 안에 들어가 자리 잡고 있다. 자연적으로 만들어졌다고 하니 참으로 놀랍고 신기하다. 강 한가운데 나룻배 하나가 서서히 움직이고 있다. 하나의 풍경 사진이 걸려 있는 듯한 착각을 불러온다. 감탄사를 연발하며 혼이 빠져나간 듯 넋을 잃고 바라본다.

분위기를 깨며 남편의 휴대폰이 계속 울린다. 장을 보고 펜션에 먼저 도착한 총무가 언제 오냐는 재촉 전화였다. 아쉬운 마음에 날씨 좋은 가을에 다시 한번 오기로 하고 발길을 돌렸다.

내비게이션에 주소를 찍고 펜션으로 향했다. 도로를 내달리는 양쪽 산에는 푸른빛의 나무들이 우거져 있다. 온몸이 맑아지고 개운해지는 느낌이다. 사람들이 강원도를 찾는 이유를 알 것 같다.

펜션에 도착해서 또 한 번의 탄성이 터져 나왔다. 동강의 물결이 잔잔히 흐르고, 그 뒤쪽으로 높이 솟아있는 절벽과 푸른 나무로 이루어진 산등성이가 보인다. 마당 한가운데 서서 바라보는 경치는 그야말로 절경이다. 숙소 잘 잡았다는 칭찬이 쏟아진다.

남편 친구 두 명이 점심 준비로 바삐 움직인다. 좋은 곳에서 몸보신해야 한다며 가스 불 위에 큰 냄비를 올려놓고 준비해 온 염소 고기를 넣고 푹 끓인다. 자주 해보았는지 채소 다듬기와 양념 배합을 손 빠르게 하며 척척 냄비 속에 집어넣는다. 남자들이 해서 그런지 아니면 분위기 때문인지 고기가 부드럽게 씹히면서 들깻가루 향이 입안 가득 머문다.

식사가 끝나갈 무렵 래프팅 업체 승합 차량이 들어선다. 나는 겁이 많다. 물살이 세면 어쩌나 하는 마음에 래프팅을 하지 않으려고 했다. 하지만 언제 다시 타 보겠냐는 친구들의 강력한 유혹에 넘어갔다. 각자 물놀이 옷으로 갈아입고 차에 올랐다. 출발점에서 구명조끼 입는 방법과 안전교육을 하면서 준비운동을 시킨다. 이윽고 네 명씩 양쪽으로 나누어 보트를 들고 물가로 가서 그 위로 한 명씩 올라탔다. 한쪽 발을 고리에 걸고 다른 쪽 발은 뒤로 넣어 엑스 자로 하여 빠지지 않게 했다.

보트가 잔잔한 물살을 타고 움직이자 뒤에서 조정하는 강사는 노 젓는 방법을 가르쳐 주며 구령을 붙인다. 다들 "하나, 둘", "하나, 둘" 일제히 노를 앞으로 저어 나아간다. 박자가 맞지 않아 노끼리 부딪치자 당황한 한 친구는 어찌할 줄 몰라 허공을 휘휘 저어버린다. 남자가 뭐 하는 거냐며 여인들의 원성이 쏟아지자 안 저어도 될 것 같다면서 노를 걷어들고 구령만 따라 한다.

많은 보트가 서로 앞지르기를 한다. 경쟁에 밀린 남편들은 그들을 향해 노로 물을 퍼붓는다. 물벼락을 맞은 이도 가만있지 않고 맞대응한다. 졸지에 신나는 물 싸움판으로 변하자 뒤에 있던 강사는 노를 저어 빨리 벗어나자고 한다. 조금 지나자 물살이 빨라지면서 경사가 나타난다. 바위에 부딪힐 것 같아 소리를 지르자 강사는 멋있게 허리를 뒤로 틀더니 노를 이용하여 구심력을 발휘한다. 노련함이 돋보이는 순간이다. 다들 손뼉을 치며 환호성을 지른다.

물살이 잔잔히 흐르는 중간 지점에 휴게점이 있다. 모두 동동주에 파전을 먹고 가자고 한다. 온몸이 젖은 채 빈자리를 찾아 앉았다. 내려다보이는 강가에는 많은 보트가 지나가고 정박한다. 처음 경험하는 래프팅이 무섭고 낯설게만 느껴졌는데 도전하기 잘했다는 생각이 든다.

언제부턴가 나이 들면서 새로운 일이 생기면 겁을 내고 나서는 것을 망설이게 된다. 현재의 상태에 만족하고 그 안에서 벗어나지 않으려고 한다.

'도전은 인생을 흥미롭게 만들며 도전의 극복이 인생을 의미 있게 한다.'라는 명언이 가슴에 와닿는 날이다. 앞으로 나의 인생에 어떤 새로운 도전이 기다리고 있을지 사뭇 기대된다.

첫 무대

추석 명절을 앞두고 몸살이 왔다. 얼마나 독한지 보름 동안
끙끙 앓았다. 매일 다니던 운동도 나가지 못했다.

지인의 전화를 받았다. 10월에 열리는 '생거진천 문화축제'에
우리 줌바댄스팀이 무대에 오른다는 것이다. 스무 명을 접수했
는데 내 이름도 들어가 있단다. 몸이 안 좋아 며칠 더 쉴 요량이
었지만 집에 있을 수 없어 복지관으로 향했다. 여러 회원이 모여
무대 이야기로 한창이다. 많은 관객 앞에 서면 쑥스럽고 창피할
것 같았다. 명단에서 이름을 빼달라고 했더니 2년 넘은 사람은
무조건 해야 한단다. 나도 이런 마음인데 일 년도 채우지 못한
회원들은 더 하겠지 싶어 결정에 따르기로 했다. 명절 연휴가
끝나면 곧바로 연습에 들어간다며 한 명도 빠지지 말라는 강사
의 엄명이 떨어졌다.

3주간의 연습이 시작되었다. 지금까지 해 왔던 여러 안무 동
작 중 이것저것 해보고 그중 우리에게 쉽고 잘 맞는 것을 골라

하기로 했다. 여러 명이 하다 보니 딱딱 맞추기란 쉽지 않다. 강사는 마음에 들지 않으면 여지없이 호명과 함께 "크게, 크게" 하고 소리친다. 무대에 올라가서 동작을 크게 해야 관중석에서 볼 때 멋있고 신나게 보인단다.

의상은 티셔츠로 연두, 파랑, 검정 세 가지 색이다. 1주일에 2번은 그 옷을 입고 줄 맞추기를 하면서 맹연습에 들어갔다. 두 번째 줄에 있는 나는 부담이 덜 되었지만 앞사람을 보고 따라 하는데도 박자와 동작이 자꾸 어긋난다. 네 가지 안무 중 마지막 은 '울릉도 트위스트' 곡을 넣어 신나게 흔들어 어르신들을 흥겹 게 하는 춤이다. 온몸을 음악에 맡기고 흔들고 있는데, 이 동작 에서는 내가 제일 신나게 잘한다며 강사의 칭찬이 쏟아진다. 내 나이에 맞는 음악이라고 했더니 다들 까르르 웃는다.

3일간의 축제가 열렸다. 둘째 날 토요일 세 시에 우리 팀이 마지막 순서로 무대에 올라간다. 생각만으로도 벌써 떨리기 시 작한다.

당일 행사장으로 향했다. 관중석에는 많은 어르신이 의자에 앉아 구경하고 있다. 혹시나 지인들이 있나 둘러보았다. 보이지 않는 것 같아 조금은 긴장이 풀리면서 마음이 가벼워졌다.

마지막 열아홉 번째, 우리 팀이 소개되어 무대에 올라갔다. 줄을 맞추고 관중석을 보자 두려움과 떨림이 순식간에 몰려온 다. 첫 곡 음악이 울려 퍼진다. 심호흡으로 마음을 가다듬고 집중한다. 앞 회원의 뒷모습만 보면서 따라 했다. 어느덧 끝인 네 번째 음악이 흐를 때 비로소 관중석을 둘러보았다. 첫 곡 시작할 때보다 많은 인원이 모여 손뼉 치며 호응한다. 무대 옆 행사 요원인 키다리 아저씨도 우리 동작을 따라 하며 흥을 더 돋우고 있다. 그에 힘입어 다들 환호성을 지르며 마지막 무대를 즐긴다.

회원들과 매일 한 시간씩 줌바댄스를 같이 하면서도 조금은 서먹했는데 무대연습을 통해 더 가까워지고 애틋한 정이 들었다. 이번 '생거진천 문화축제'는 모두에게 생기를 불어넣어 준 축제였다.

비비추꽃

흐드러지게 핀 봄꽃들이 모두 숨어버렸다. 술래인 태양은 이곳저곳을 기웃거리다 못 찾겠는지 씩씩거리며 열을 내고 있다. 보다 못한 바람이 진정하라는 듯 살랑살랑 부채질하는 6월에 들어섰다.

오후에 하던 글 수업을 한 달만 오전으로 하자는 문자가 날아들었다. 늘어지게 자던 아침잠을 툭툭 털고 일어나 문학관으로 향했다. 여러 해를 맞이했지만 교실로 들어서는 마음은 늘 긴장되고 설렌다. 환한 웃음으로 서로 인사하고 자리에 앉아 차 한 잔을 마신다.

'오늘은 누가 어떤 이야기꽃을 피울까'

한 편씩 나누어 준 작품의 제목과 이름부터 본다. 글을 써 온 문우는 쑥스러움에 얼굴을 붉힌다.

백일장에서 글을 쓰는 도중 쐐기에 쏘여 병원으로 갈 수밖에 없었던 사연과 개똥벌레에 관한 이야기가 펼쳐진다. 글을 읽으며 내용의 흐름을 따라가다 보면 글쓴이의 마음과 성향을 알 수가 있다. 서로의 글을 공감하며 소통하고 풀어내는 이 감정이 소중하게 느껴진다.

수업 후 모처럼 점심을 같이할 수 있는 이들이 작은 분식집에 모였다. 어쩌다 한 번씩 먹는 식사 자리가 조금은 낯설기도 하지만 함께여서 기분이 좋다. 한 분이 선뜻 밥값을 내신다. 언제나 든든하게 수필 교실을 지키면서 푸근함까지 안겨주는 맏언니다.

약속이 있는 몇 분이 빠지고 어쩌다 보니 비슷한 또래의 막내 서너 명이 남았다. 헤어짐이 아쉽고 오전 수업으로 시간 여유도 생겼으니 카페에 가자고 했다. 다들 흔쾌히 좋다고 한다. 주차장이 넓고 커피 마시기 편한 곳으로 정했다.

처음인 것 같다. 일주일에 한 번씩 만나는 문우들이지만 몇 해 동안 이런 사적인 자리를 만들지 못했다. 그동안 물어보지 못했던 이야기가 오간다. 무슨 띠인지, 혈액형은 뭐냐는 등 많은 질문을 쏟아내고 답한다. 서로에 대해 잘 알지 못했던 부분까지 알게 되면서 서서히 친구로 자리매김한다. 조금은 어색했던 미소가 함박 웃음꽃이 되어 가슴 한가득 피어난다. 그러는 사이 시곗바늘은 벌써 두 바퀴를 돌고 있다.

문득 정현종 시인의 〈방문객〉이라는 시 한 구절이 떠오른다.

사람이 온다는 건/ 실은 어마어마한 일이다/ 그는/ 그의 과거

와/ 현재와/ 그리고/ 그의 미래와 함께 오기 때문이다/ 한 사람
의 일생이 오기 때문이다/ (하략)

시인은 한 사람이 온다는 것은 단순히 사람 그 자체가 아니라
그 사람의 과거와 현재, 미래까지 담은 한 사람의 일생이 통째로
오는 것이라고 말한다. 수없이 만나는 인연으로 조금은 무뎌진
우리네 가슴에 울림을 주는 메시지다.

수필을 통해 만난 문우들도 그렇지만 글과의 만남 또한 내게
는 귀한 인연이고 선물이다. 아직은 일상의 소소한 이야기를 다
룬 신변잡기지만 글을 통해 마음이 넉넉해지고 모든 것을 포용
하게 된다. 따스한 가슴을 나눌 수 있는 이곳 글 마당이 행복의
장이고 내게 남은 삶의 의미다.

'하늘이 내린 인연' 그 꽃말을 지닌 비비추의 꽃내음이 어디선
가 솔솔 풍겨 오는 듯하다.

내일보다 젊은 우리

살랑대며 부는 꽃바람에 숨이 트인다. '사회적 거리 두기' 조치가 모두 해제되었다. 변이 바이러스로 걱정은 되지만 그래도 예전의 일상으로 돌아갈 수 있다는 소식에 마음이 들뜬다.

충북 자연환경 100선의 명소인 '음성 봉학골산림욕장'에 스무명의 한국방송통신대학교 국어국문학도가 모였다. 주차장에 모인 선후배들은 모처럼 만남에 웃음꽃을 피웠다. 거리 두기로 매번 화상 줌으로 임원 회의를 하고, 비대면으로 국어국문과 행사를 치렀다. 이번 모꼬지 말고도 청명 축제, 학술제, 국문인 마당 등 여러 축제가 있다. 지난해 강행으로 가을 문학기행을 몇 명이 다녀오기는 했지만 난 참여하지 않았다. 이번 해제로 4학년이 되어서야 처음으로 참석했다.

모꼬지는 1학년 새내기 학생을 위한 행사. 정작 주인공들은 두 명밖에 참석하지 못했지만 많은 선배와 동문이 기쁜 마음으로 반겨주었다. 선배인 우리도 각 학년마다 돌아가며 앞에 나가

인사했다. 나이 많은 후배가 "선배님, 선배님" 하고 부르는 소리
가 낯간지러우면서도 으쓱해진다.

집행부인 학회장은 한 시간의 자유 시간을 주면서 미션을 전
달한다. 휴대폰으로 사진 찍고 제목을 붙여 단체 카카오톡 방에
올리라고 한다. 모두 숲으로 우거진 데크 길로 걸어가면서 서로
찍어 주느라 손놀림이 바쁘다.

두호 1봉으로 들어서니 싱그러운 연둣빛의 숲길이 우리를 기
다리고 있다. 천천히 걸으며 숨을 들이마시고 내쉬기를 반복하
자 몸과 마음이 맑아진다. 앞에서 나무 지팡이를 짚고 오르막길
을 오르던 한 후배는 주위에 이것저것 풀잎을 만지면서 먹을 수
있는 나물이라며 이름을 줄줄 읊는다. 급기야 두릅 군락지를 보
고 흥분하며 목청을 더 높인다. 순수한 그녀의 모습에 미소가
지어진다. 조금 더 가파른 오르막길이 앞에 나타나자 다들 고개
를 저으며 뒤돌아선다.

졸졸 흐르는 냇가의 작은 목교를 건너니 넓은 잔디광장이 펼
쳐져 있다. 그곳에는 조각작품인 호랑이와 여러 큼직한 동물이
자유롭게 거닐고 있다. 마치 깊은 숲속에 들어온 듯하다. 또한
산림욕장 곳곳에는 시와 수필도 전시되어 있다. 앙증맞은 나무
판에 새겨진 글귀가 문학적 감성을 자극한다.

매표소 입구 여러 개의 둥그런 화분에는 이름 모를 꽃들이 색
색으로 어우러져 활짝 피어있다. 잠시 눈을 맞추고 휴대폰 카메

라에 열심히 담는다. 집합 장소로 발길을 옮기는데 주변에서 "카톡, 카톡" 소리가 요란하다. 주어진 미션 시간이 다 되었나 보다. 단체 카카오톡 방에 야생화, 숲길, 흐드러지게 떨어진 꽃잎 등 여러 사진과 제목이 계속 오르고 있다. 재빨리 휴대폰 갤러리로 들어가 지금까지 내가 찍었던 사진들을 훑어보았다. 왜 이리 꽃과 풍경 사진만 많은지, 마땅한 사진이 없어 초조하기만 하다. 잠시 숨을 고르고 주위를 둘러보았다. 여기저기 흩어져 있는 학우들의 모습이 보인다. 그제야 어떤 사진을 올려야 하는지 떠올랐다. 한 장을 고르고 제목을 붙여 보냈다.

2학년 여자 후배가 커피는 자신의 집에서 대접하겠다고 한다. 몇 대의 차량이 줄지어 따라간다. 도착한 곳에는 분홍 복사꽃이 만개한 넓은 과수원에 그림 같은 집이 서너 채 있다. 맞은편 나무로 만든 쉼터에는 그녀의 두 딸과 손주들이 우리를 반긴다. 탁자에 많은 커피와 빵을 준비해 놓고 기다리고 있었다.

모두 둘러앉아 커피를 마시며 이야기꽃을 피운다. 집행부는 이제 미션에 등수를 가려야 한다며 한껏 오른 분위기를 잠재운다. 올라온 사진 중에 마음에 드는 사진을 꾹 누르고 왼쪽 위 하트를 누르라고 한다. 한 사람이 3개의 작품을 선택할 수 있단다. 다들 휴대폰에 댄 검지가 숨 가쁘게 오르내리고 있다. 이윽고 작품 밑에 나타난 하트 옆 숫자에 따라 등수가 가려졌다.

1등은 일곱 표를 얻은 작품이다. 4학년 남자 학우가 무릎 꿇고 두 손을 들고 있는 모습에 '잘못했으면 혼나야지' 하는 제목이다. 하지만 집행부 임원이라 미션에 참가할 수 없다는 학회장의 말에 다음으로 다섯 표를 얻은 내 작품이 1등이 되었다. 사진 속에는 오십이 넘은 네 명의 학우가 데크 길을 걸어오면서 손을 높이 들어 하늘을 찌를 듯한 브이를 하고 있다. 이십 대 같은 상큼 발랄한 그들의 모습에 '내일보다 젊은 우리'라고 지었다. 박수 소리와 함께 상품권이 내 손에 쥐어졌다.

오십 대, 육십 대를 넘어선 우리는 나이는 숫자일 뿐 배움엔 끝이 없다는 열정을 가진 학생들이다. 선후배로 만나 정을 나누고 함께 어우러져 아름다운 꽃으로 피어난다. 내일보다 젊은 오늘을 즐기며 하루를 소중히 여긴다.

불어오는 희망찬 봄바람에 가슴이 설렌다.

익숙한 자리

봄꽃이 만개한 출근길이다. 회사 정문을 지나 주차장에 들어 섰다. 습관처럼 늘 주차하던 곳에 대려고 하는데 누군가 벌써 그 자리에 차를 세워 놓았다. 차 번호를 보니 내 자리인 것을 아는 사람이다. 잠시 주춤거리다 다른 빈자리를 찾아 주차했다.

휴게실에 들어서자 차 주인은 내 눈치를 보며 "니 자리 내 자 리가 어디 있어, 먼저 주차한 사람이 임자야!" 그러면서 다른 자리도 많으니 아무 데나 대란다. 순간 '그럼 본인이 그렇게 하시 지 꼭 내 자리였어야 했나?' 하고 말을 내뱉고 싶었지만 꾹 참았 다. 꽃바람을 타고 온 기분 좋은 아침을 싫은 소리로 얼룩지게 하고 싶지 않았다. 커피머신 앞에서 아메리카노라는 글자를 꾹 눌렀다. 갈갈갈 소리를 내며 원두 갈아지는 소리가 내 마음을 대신 표현하는 것 같아 웃음이 나왔다.

15년을 함께 근무한 동료다. 웬만한 눈치가 있다면 지정석은 아니지만 50분 정도 일찍 출근하는 직원의 주차 자리는 다 알고 있다. 그뿐만 아니라 점심시간 밥 먹는 자리도 정해져 있다. 맨 뒤 식탁 네 개는 사오십 대 주부 사원의 전용 테이블이다. 오른 쪽 첫 번째가 내 자리다. 가끔 잘 모르는 다른 부서 사람들이 앉기도 한다. 그럴 때면 식판을 들고 서서 빈자리를 찾느라 고개를 치켜들게 된다. 낯선 자리는 불편하고 밥알이 입안에서 굴러다니는 것 같다. 매일 반복되는 자리 습관으로 생긴 결과다.

함께하면 편안한 사람들 그리고 익숙한 자리, 그 자리에 앉았을 때 몰랐던 나의 모습과 삶의 특성이 보인다. 당연하게 여겼던 것들이 결코 그렇지 않음을 알게 되면서 이해의 폭을 조금이나마 넓혀야겠다는 생각이 든다.

얼마 전 90명이 넘는 문학단체에 가입했다. 대부분 이순을 넘긴 분들이다. 나이로 보나 경력으로 보나 나는 새내기다. 신입회원으로 인사말을 준비했는데 마이크를 들고 선 순간 떨리는 마음과 함께 새하얗게 지워져 버렸다. 이미 자리를 잡은 사람은 기존의 질서에 순응하지만 새로운 곳에 들어서는 사람은 낯설기만 하다. 두렵고 어렵기만 한 이 자리가 익숙해질 날이 있을까 싶다. 이럴 때 누군가 먼저 손을 내밀어 준다면 조금 더 쉽게 그들의 세계에 물들며 다가갈 수 있을 것이다. 규칙이나 관례, 직책과 사람들이 눈에 들어오고 눈을 마주칠 수 있을 때까지 기다려주었으면 좋겠다.

새로운 자리를 만든다는 것은 결코 쉬운 일이 아니다. '자리를 잡는다.'라는 말이 있듯이 새로 시작할 때는 선뜻 마음이 움직이지 않고 망설여지기 때문이다. 익숙한 자리가 되려면 많은 시간과 노력이 필요하다.

한 남자

벌써 30년이 지났다.

스물여섯, 정말 꽃 같은 나이다. 내가 다니던 직장에 군대에서 휴가를 나오면 친구를 만나러 오는 한 남자가 있었다. 같은 고향인 안성 아가씨가 있다는 말에 나를 여러 번 훔쳐보았다고 한다. 회사에 올 때마다 간식거리를 사 들고 오면서 먹고 싶은 게 있으면 주저하지 말고 자기에게 얘기하란다. 남자 친구가 있던 나는 그와의 만남을 생각해 보지 않았다. 대신 나보다 어린 동료를 소개해 주기로 했다.

만나기로 한 날, 그의 차에 함께 올라타고 가던 중 갑자기 그녀가 몸이 좋지 않다며 중간에서 내려 버린다. 당황스러웠다. 미안해하는 나에게 그냥 헤어지기 아쉽다며 한강에 가서 바람을 쐬자고 한다.

성산대교가 보이는 공원으로 갔다. 많은 사람이 모여 강바람을 즐기고 있다. 말없이 어색하게 앉아 지나가는 사람들과 강물만 바라보았다. 강바람이 차갑다고 느낄 때쯤, 겉옷을 벗어 나에게 걸쳐준다. 옷에서 풍기는 향긋한 플로럴 향이 마음을 설레게 한다.

그는 소개팅보다는 나를 만나기 위해 이 자리에 나왔다고 고백한다. 가끔 보면서 마음을 키워 왔다며 계속 만났으면 좋겠다고 한다. 사귀는 사람이 있다고 하자 "골키퍼 있어도 골은 들어간다, 열 번 찍어 안 넘어가는 나무는 없다!"라며 계속 연락할 거란다. 막무가내 같은 말에 피식 웃음이 나왔다. 전화 통화가 잘되지 않자 회사로 찾아와 점심을 사준다.

제대 후에는 매일 퇴근 시간에 맞춰 회사 입구에서 기다린다. 피하지도 못하고 꼼짝없이 이끌려갔다. 한 달 정도를 만나다 보니 순수하고 배려심 깊은 그의 모습에 조금씩 마음이 흔들렸다.

어느 날 진지하게 말한다. 행복하게 해줄 자신이 있으니 사귀고 있는 남자와 헤어지라고…. 순간 마음이 어지럽기 시작했다. 확실하지 않은 만남에 어쩌다 양다리를 걸치고 있는 꼴이 되었다. 헤어지자는 말을 못 하면 자기가 대신 만나서 이야기하겠다고 한다. 그의 단호한 말에 결정해야 했다.

사실 일 년을 교제하던 남자 친구는 동성동본이다. 이를 뒤늦게 안 그의 가족들이 만남을 반대하고 있었다. 헤어지는 것이 모두를 위한다고 하지만 그리 쉬운 일이 아니었다. 그동안 마음을 준 것에 대한 미련이 자꾸 발목을 잡았다. 몇 번의 만남 끝에

서로의 행복을 빌며 이별했다. 마지막 선물이라며 목걸이를 건네는 그의 손길이 떨렸다. 집으로 돌아가는 발걸음이 무겁다.

터벅터벅 골목길에 들어서는데 낯익은 얼굴이 집 앞에 서 있다. 잘 헤어졌느냐는 그의 말에 나도 모르게 눈물이 흘렀다. 행복하게 해주겠다며 잊으라 한다. 하루도 빼놓지 않고 만나러 오는 그에게 의지하고 기대게 되었다. 매일 가는 레스토랑에서는 직원이 지정석을 만들어 줄 정도로 그곳에서 많은 시간을 보냈다.

3개월이 지나자 청혼한다. 28세였던 그는 내년 아홉수에는 결혼하지 못한다며 올해 하잔다. 나 또한 여동생의 남자 친구 쪽에서 결혼을 재촉할 때였다. 순서를 중요시하는 아버지 뜻에 따라 계속 미루고 있던 상황이었다. 짧은 연애가 아쉬웠지만 양가 부모에게 정식 인사를 드리고 며칠 뒤 상견례를 가졌다. 미틈달 스무여드렛날 결혼식을 하기로 했다.

예단부터 시작해 신혼살림에 필요한 것들을 둘이 돌아다니며 하나하나씩 장만하였다. 함 팔기 할 때는 동네가 떠나갈 듯 시끌벅적했다.

만난 지 6개월 만에 한 남자의 아내가 되었다. 살면서 행복할 때도 많았지만 여러 가지 우여곡절도 겪으면서 삼십 년이 흘렀다. 남편은 청소부터 빨래까지 도맡아 한다. 연애 때 느꼈던 자상함이 변하지 않고 소소한 것도 신경 써주는 가정적인 남자다.

그 덕에 두 딸도 아무 탈 없이 잘 자랐다.

주위에서 다시 태어나도 지금의 남편과 결혼할 거냐고 묻는다. 다들 다음 생애는 다른 사람과 살아보고 싶다고 한다. 동감이 가면서도 나는 남편이라고 답한다. 하늘이 정해 준 인연은 돌고 돌아서라도 다시 만나지 않을까.

또 다른 세상

　쩍쩍 갈라진 검고 작은 원통들이 줄지어 서서 나를 올려다본다. 그중 내 눈과 마주친 것을 집어 수반에 차례로 들여앉혔다. 틈새는 흔들리지 않게 숯을 잘게 쪼개서 빈자리 없이 꽉 채웠다. 그리고 꽃대가 올라온 풍란을 앞자리에 앉혀 놓으니 제법 그럴싸한 작품이 되었다. 흐뭇한 미소가 머문다.

　숯에 대한 효능은 예전이나 지금이나 실생활에서 많이 접하고 있다. 숯은 정화의 기능을 가졌다 하여 예로부터 간장 담글 때 사용했다. 그뿐인가. 아기가 태어난 집에 금줄을 문간에 내걸 때도 숯을 매달아 놓았다. 갓 태어난 아기에게 부정한 기운이나 잡귀가 침범하는 것을 막기 위한 옛 조상들의 지혜였다.

　숯은 공기 정화, 습도조절, 악취 제거 등에 탁월한 효과를 가지고 있다. 나무로는 참나무, 소나무, 오동나무, 동백나무 등을 쓰는데 그 나무의 종류와 굽는 조건에 따라 쓰임새가 다르다고 한다. 700도 이하에서 탄 나무를 그대로 가마에 두고 식힌 숯은

흑탄 또는 검탄이라 하고, 마지막 단계에서 가마를 일부 열어 완전 연소시킨 뒤 바로 꺼낸 숯을 흙으로 덮어 열을 식히면 겉면에 흰빛을 띠는데 이것이 백탄이다. 1,000도에서 견딘 백탄은 질이 좋아 더 귀하게 여긴단다.

푸르렀던 나무들이 뜨거운 불길을 견디고 다시 태어난다. 어떤 나무가 아닌 숯이라는 이름으로 새로운 길을 향해 나아간다. 풍란이나 다른 자연물과도 잘 어우러져 품위 있게 살기도 하고, 또다시 뜨거운 불 속에서 온종일 자신의 몸을 태우는 삶도 있다. 오랜만에 식구가 다 모이거나 손님들이 오면 으레 고깃집으로 향한다. 빨갛게 타오른 숯불에 석쇠를 올리고 굽는 동안은 훈연의 향에 취하고 씹는 입과 마음은 즐겁기만 하다. 어쩌다 서로의 입속에 노릇노릇하게 구워진 고기를 상추에 싸서 넣어 줄 때는 맛에 웃고 정에 웃게 만든다. 이처럼 그들에게 주어진 제2의 인생은 모든 이에게 희생하고 봉사하면서 행복과 사랑을 나누어준다. 나도 그런 사람이 될 수 있을까.

2019년은 오십이 넘은 나에게 새로운 인생길이 열렸다. 머리를 쥐어짜며 불가마 속 같은 시간에서 4년을 견디었더니 등단이라는 이름표를 달아준다. 그 이름표가 꼬리표가 되지 않게 나를 담금질해야 했다. 곧바로 8월에 국어국문과에 입학했다. 삼십여 년 만에 공부하려고 하니까 머리에서 글자들을 밀어내며 저항한다. 앞으로의 학교생활이 까마득하다. 기억력은 점점 떨어져 가는데 괜히 시작했나 후회도 많이 했지만 이왕 시작한 거 포기할 수는 없었다. 밤새 머리를 싸매고 나 자신과의 싸움을 시작했다. 여섯 과목 중에서 과락이라는 쓴맛도 보았지만 그래도 무사히 첫 학기를 마쳤다. 그리고 2학년, 3학년, 4학년까지 잘 버텨내었다.

졸업이 머나먼 이야기처럼 느껴졌지만 한 해 한 해 불태웠더니 사각모가 왕관처럼 머리 위에 올려져 있다. 앞으로 나는 어떤 모습으로 세상에 서 있게 될까. 백탄 같은 사람이었으면 좋겠다. 어디에서나 제 역할을 다하며 공기를 정화시키는 숯처럼 그런 글 밭을 일구며 사는 삶이기를 바라본다.

chapter - 5

사람이 곧 풍경이다

북 카페 앞을 지나 활짝 열려 있는 낮은 대문 앞에 섰다. 이곳은 선생
의 옛집으로 18년간 살면서 토지를 완성했던 집이다. 조금 가파른 오르
막길을 터벅터벅 걸어 올라가 보니 대문에서 보이지 않았던 하얀 이층집
이 나타났다. 집 앞에는 손주들을 위해 손수 만든 연못과 가꾸던 텃밭도
그대로 남아있다. 드넓은 마당에 파릇파릇한 잔디가 깔려 있고, 가운데
넓적한 바위에는 그녀의 동상이 대문 쪽을 바라보며 편안한 자세로 쉬고
있다. 마치 우리를 기다리는 엄마의 모습 같다.

새해 소망

　새해, 진천의 해 뜨는 시간이 7시 42분이란다. 추위를 막기 위해 두꺼운 점퍼와 목도리로 무장하고 테마공원으로 향했다. 30분 전에 도착해서 백곡저수지 둑으로 올라섰다. 벌써 많은 사람이 모닥불 주위에 모여 있다. 시간이 훌쩍 넘었는데 좀처럼 기미가 보이지 않는다. 올해도 일출 보기는 틀린 것 같다. 다들 실망을 안고 발길을 돌린다.

　남편 고향 친구들이 묵고 있는 펜션으로 향했다. 현관문을 열자 옹기종기 모여 앉아 떡국을 먹고 있다. 농다리를 가보지 못했다는 한 친구를 위해 짐을 챙겨 밖으로 나왔다. 우리 차를 선두로 여러 대의 차량이 뒤따른다. 벌써 몇몇 사람들이 농다리를 건너고 있다. 이어진 돌다리가 작은 물살을 가르며 정겹게 맞이한다. 한 발 한 발 디딜 때마다 소원을 빌어본다. 다리를 건너자 돌아가자는 말과 하늘다리까지는 가야 한다는 의견이 엇갈린다. 새해 건강을 위해 더 걸어보자는 말에 하늘다리 길로 올라섰다.

굽이굽이 만들어진 산책로를 따라 줄지어 걷는다. 저수지 가운데에 배를 띄워 놓고 고기 잡는 강태공이 눈에 들어온다. 한 폭의 그림이다. 그는 무엇을 낚고 있는 것일까.

하늘다리에 도착하자 서너 명의 남편이 양쪽으로 나란히 서서 "왼발, 오른발" 박자를 맞추며 다리를 흔든다. 앞서가던 부인들은 흔들림에 어지럽다며 그만하라고 목소리를 높인다. 그 소리에도 아랑곳하지 않는 악동 같은 남자들의 모습이 천진스럽다.

다리 끝에는 시니어 클럽에서 운영하는 쉼터가 있다. "뭐, 뭐 있어요?" 하며 묻는 말에 있을 건 다 있다는 어르신 말에 웃음이 나왔다. 따뜻한 커피를 사서 테이블이 있는 의자에 앉았다. 주변 경관을 둘러보며 한 모금 마시자 따뜻함이 온몸으로 전해진다.

뒤쪽에서 누군가 힘찬 목소리로 또박또박 이야기한다. 뒤돌아보니 나이 지긋한 할아버지가 진천의 여러 축제에 대해 설명하고 계셨다. 해설가인지, 아니면 진천을 사랑하는 분인지 궁금했지만 열정적으로 강의하는 모습에 물어볼 엄두가 나지 않았다. 다들 이야기에 빠져든다.

10월 셋째 주 주말에 '초평 붕어찜 축제'가 열린단다. 그날 오는 분들에게는 붕어찜을 무료로 제공한다는 말에 다들 "진짜요?" 한다. 명품 시래기 붕어찜은 2005년부터 각종 음식 경연대회서 인정받아 전국적으로 알려진 진천군의 명품 향토 음식으로 유명하다. 친구들은 한번 먹어보자며 붕어마을로 향했다.

붕어마을에는 비슷비슷한 음식점이 모여 있다. 처음 방문이라 어느 집이 맛있게 하는 곳인지 몰라 서성거리다가 주인 모습이 그려진 간판이 왠지 믿음이 갔다. 한참 기다린 끝에 무와 시래기로 빨갛게 양념한 붕어찜이 우리 눈앞에 놓였다. 민물고기를 좋아하지 않았지만 군침이 돈다. 시래기와 함께 살점을 싸서 입안에 넣었다. 양념이 배어서인지 비리지도 않았다.

비릿한 붕어가 여러 가지 양념으로 어우러져 깊고 좋은 맛을 내듯이 나도 올 한 해 누군가에게 도움이 되고, 힘을 실어줄 수 있는 그런 사람이고 싶다는 생각을 하며 말끔히 그릇을 비웠다.

일본 여행

부부 동반으로 3박 4일 일본 여행길에 올랐다. 제일 먼저 찾은 곳은 '시코츠 호'다. 약 4만여 년 전 화산 활동으로 형성된 대형 칼데라 호수로 평화로운 자연경관을 느낄 수 있는 곳이다. 곱게 물든 가을 단풍잎들이 우리를 환영이라도 하듯 나풀거리며 반겨준다.

'삿포로 맥주박물관'도 들렀다. '일본' 하면 아사히 맥주를 알아주지만 예약이 안 되어 이곳으로 정했다고 한다. 재료와 맥주 만드는 과정을 볼 수 있다. 가이드가 준 시식권을 카운터에 주면 맥주 한 잔과 작은 안주 봉지를 준다. 자리에 앉아 한 모금 들이켰더니 시원하게 톡 쏘는 맛이 갈증을 해소시켜 준다. 남자들은 한 잔으로는 부족하다며 다시 줄을 서서 사 온다.

숙소는 오타키 무라에 위치한 호텔이다. 북해도에서 제일 아름다운 지역이라고 한다. 간단히 짐을 풀고 의자에 앉아 낯선 방안을 둘러보았다. 온천욕을 하자는 전화에 서둘러 옷장 안에 있는 일본식 목욕가운을 걸치고 나섰다. 입구에 붙은 알림 표지판의 내용이 이상했다. 남탕과 여탕이 시간대별로 바뀐다는 것이다. 저녁 시간에는 남자가 1층, 여자는 지하다. 새벽 두 시부터는 그 반대다. 잘못하다간 실수하기 십상이다.

둘째 날 오전은 '홋카이도 시계탑'과 '시로이 코이비토 파크(달콤한 스위츠 나라)'를 방문했다. 미국식 건축양식으로 지어진 시계탑은 120년 동안 한 치의 오차도 없이 정확하게 시간을 가리키고 있단다. 내부에는 자료관으로 되어 있고 시계탑의 역사와 건설 당시의 사진 등을 전시하고 있다.

달콤한 스위츠 나라는 제작 과정을 볼 수 있는 과자 테마파크다. 직접 만드는 체험 공방이 마련되어 있으며 초콜릿의 역사 및 다양한 전시물을 관람할 수 있다. 중세 유럽풍의 외관을 지니고 있는 이곳은 아기자기한 조형물과 정원으로 꾸며져 있어 관광객에게 오랜 시간 사랑받고 있는 곳이다.

점심을 먹고 향한 곳은 오타루 운하, 기타이치 가라스 공방거리, 오타루 오르골 당, 오도리 공원, 삿포로 TV 탑이다.

오타루 운하는 1941년에 착공되어 9년 만에 완공, 오타루의 상징이 되었다. 하시케라고 불리는 소형선이 항구에 정박한 본선으로부터 화물을 옮기는 교통로의 구실을 했다. 시대가 지나면서 현대적인 항구 도크 시설이 마련되고 대형 선박 화물을 하역하는 시스템이 개선되자 운하는 원래의 운송 기능을 잃어버리고 방치되었다. 그러다 1980년대 시민들의 복원 운동에 힘입어 매립의 위기를 모면했다고 한다. 20세기 초반 운하를 따라 건설되었던 창고들은 쇼핑점, 박물관, 레스토랑으로 변모했다.

일본 전통 유리공예 기타이치 가라스 공방 거리는 영화《러브레터》에 한 장면이 나온 관광지로 오래전부터 유명하다. 가라스는 영어 글라스의 일본식 발음이다. 이곳에는 크리스털로 제작하는 많은 유리 오리지널 제품 뿐만 아니라 전 세계의 공예품들을 한눈에 볼 수 있다. 전시물은 10만 종류가 넘는다고 한다.

오타루 오르골당은 일본 최대 규모의 오르골 전문점이다. 1912년 건축된 역사적 목재 건물로 '건축물 제7호'로 지정되어 있다. 호화로운 장식의 오르골부터 아이들이 좋아할 만한 귀여운 캐릭터까지 약 25,000여 점을 전시 및 판매하고 있다.

삿포로 중심에 있는 TV 탑은 시내를 360도로 전망할 수 있는 곳이다. 축제 기간에는 더욱 장관이라 한다. 그 옆으로는 북해도 최대의 시민공원 오도리 공원이 자리 잡고 있다. 북해도에서 가장 넓은 공원으로 시민들의 휴식 공간으로 이용되고 있다.

셋째 날은 도야 유람선, 노보리베츠 지다이므라, 사이로 전망대, 소회 신산, 지옥 계곡을 둘러보았다.

일본에서 아홉 번째로 큰 호수인 도야호수에서 유람선을 탔다. 호수라고 하기에는 너무나 큰 규모를 자랑한다. 우수산, 쇼와 신산 등 웅대한 경치를 바라보며 유람선 관광을 즐길 수 있다.

'노보리베츠 지다이므라'는 홋카이도의 대자연에 둘러싸인 드넓은 부지에 지은 일본풍의 목조건물이다. 시바이고야, 테마관 등을 중심으로 에도 시대의 건물 94동을 재현해 놓았다. 초기의 사회, 풍속, 문화를 볼 수 있는 테마파크다.

소회신산은 1943년 우수산의 활발한 화산 활동으로 형성된 화산이다. 소화라는 연호를 사용하는 시대에 생긴 화산이라 하여 이러한 이름이 붙여졌다고 한다. 높이가 402m로 지금도 화산 활동을 계속하고 있단다. 지구상에서 희귀하다는 벌거숭이 활화산 중 하나로 천연기념물로 지정되어 있다.

노보르베츠의 상징인 지옥 계곡은 마치 지옥을 상상하면 이곳과 같을 거라고 해서 그 이름이 지어졌다. 넓은 화산지대에서 밤낮 가리지 않고 쉴 새 없이 뿜어져 나오는 희뿌연 연기를 보면 누구나 그런 상상에 빠져들 것 같다. 적갈색과 황토색으로 뒤덮여 있는 계곡이다. 무수한 분화 연기가 피어오르는 지옥계곡은 활화산인 카사 아마산의 분화구다. 주변에는 유황 냄새가 자욱하다. 또한 수질이 다양한 온천지로 매년 3,000리터 정도의 온천수가 나오고 있다고 한다. 그래서인지 근처에는 온천 호텔이 주를 이룬다. 역시 온천의 나라다.

우리나라와 다른 일본 문화가 신기했고 새로운 세계를 경험한 여행이었다. 마을 곳곳에서 묻어나는 그들의 검소함이 나 자신을 되돌아보게 했다.

행복 전도사

진천 읍내에 영화관이 생겼다. 6월부터 착공한 영화관은 지상 4층 건물에 3, 4층은 상영관이다. 600석 규모로 군 단위 지역에서는 전국 최초의 대형 영화관이란다. 우리 집에서 걸어 가면 20분 거리다.

영화 동호회를 만들자는 이야기에 다들 너무 좋아한다. 회사 동호회 결성은 7명 이상이면 된다. 1차 회원 모집에서 13명이 가입했다. 인원이 60% 이상 참석하면 한 명당 이만 원의 지원금을 내어준다.

점심시간, 회원들과 휴게실에 모여 회비와 운영규칙 등을 논의하고 총무부에 서류를 제출했다. 회장은 동호회를 만든 사람이 해야 한단다. 정기모임은 월 1회 셋째 주 화요일 저녁, 회비는 만 원이다. 일 년에 두 번 주말을 이용해 영화 촬영지 탐방도 계획했다.

영화 동호회 첫 정기모임 날이다. 6시 퇴근 후 김밥 한 줄로 시장기를 달래고 영화관에 들어섰다. 황정민과 강동원 주연인 《검사 외전》을 보기로 했다. 지원금 신청에 필요한 참석 회원 사진을 찍고 상영관으로 들어가 자리에 앉았다. 다들 설레었는지 수다스럽다. 다행히 평일이라 관객이 몇 명 없다. 큰 화면에 주인공들이 나온다.

거친 수사 방식으로 유명한 다혈질 검사 변재욱(황정민 분), 취조 중이던 피의자가 변사체로 발견되면서 살인 혐의로 체포된다. 꼼짝없이 살인 누명을 쓰게 된 변재욱은 결국 15년 형을 받고 수감된다. 교도소에서 복수의 칼날을 갈던 그는 5년 후, 자신이 누명을 쓰게 된 사건에 대해 알고 있는 허세 남발 사기꾼 치원(강동원 분)을 우연히 만나게 된다. 그 순간 밖에서 작전을 대행해 줄 선수임을 직감한다. 검사 시절 노하우를 총동원해 치원을 교도소에서 내보내고 반격을 준비한다. 자유를 얻은 사기꾼 치원은 그에게서 벗어날 생각으로 호시탐탐 기회만 노린다. 이를 눈치챈 검사 변재욱은 그를 놓아주지 않는다. 증거를 모으고 재판까지 나가 자기 무죄를 위해 변론한다. 몇 번의 고비를 맞지만 결국 살인 누명을 벗고 교도소에서 나온다. 황정민의 명연기와 꽃미남 강동원의 코믹 연기가 관객을 사로잡는 영화였다.

억울하게 누명을 쓰는 사람이 어디 한둘이겠는가. 이 영화처럼 자기 누명을 벗기란 쉽지 않다. 특히 법을 잘 알지 못하는 이들에게는 더 힘든 일이다. 뉴스를 보면 돈 많고, 흔히 말하는 힘 있고 백 있는 사람은 죄를 지었어도 잘 빠져나가는 것 같다. 법은 누구를 위한 것일까.

퇴근 후 보는 영화라 늦은 시간이었지만 다들 아쉬운 마음에 근처 카페로 향했다. 강동원과 황정민 두 배우를 놓고 누가 더 연기를 잘했나 토론이 벌어진다. 다들 시간 가는 줄도 모르고 수다 삼매경이다.

십 년 넘게 직장 동료로 지내면서 이런 설렘과 웃음을 같이 나눈 적이 있었던가 싶다. 행복 전도사가 된 듯 가슴이 벅차오른다.

국화

이른 아침 부고 문자가 왔다. 친구의 친정엄마가 돌아가셨단
다. 모신 곳은 안성 의료원으로 진천에서 한 시간 거리에 있다.

퇴근길에 심호흡 한번 크게 내쉬고 출발한다. 혼자 차를 끌고
장례식장을 찾아가는 것은 이번이 두 번째 길이다. 길치인 나는
내비게이션이 없으면 나설 용기를 내지 못한다. 그녀가 시키는
대로 좌회전, 우회전하며 쭉쭉 따라 달려 나갔다. 도착 지점에서
입구를 못 찾고 더 지나치자 "경로 이탈"이라며 야멸찬 소리로
지적한다. 나도 덩달아 "어디로 들어가라고?" 대꾸하며 그 주위
를 다시 한 바퀴 돈다. 이윽고 장례식장 주차장에 차를 주차 시
키고 보니 고마운 마음이 든다. 그녀에게 고생했다는 말을 남기
고 급히 분향소로 들어섰다.

향불이 아닌 하얀 국화가 놓여있다. 국화 다발에서 한 송이를
뽑아 영정사진 밑에 놓고 고개 숙여 고인의 명복을 빈다. 올해
구순이 되셨는데 머리에 종양만 아니었으면 100세까지도 무난

히 사셨을 것이라 한다.

국화를 보면서 엄마 생각이 났다. 꽃을 좋아해서 마당에 맨드라미, 채송화, 국화 등 여러 종류의 꽃을 심으셨다. 돌아가신 지금에서 생각해 보니 무슨 꽃을 제일 좋아했는지 기억이 나지 않는다. 성묘 갈 때마다 여러 가지 조화를 꽂아 놓기도 하고, 영산홍 꽃나무를 양쪽으로 심어 해마다 꽃을 볼 수 있게 했다. 국화가 필 무렵이면 화분에 있는 것을 사다가 심었다.

명절을 앞두고 동생 부부들과 함께 벌초하러 갔을 때 일이다. 먼저 남편이 예초기로 무성히 자란 풀을 깎고 나면 그 뒤를 이어 우리는 영산홍 나무 주위에 남겨진 풀들을 낫으로 잘랐다. 그때 동생 남편이 한 무더기를 움켜잡더니 순식간에 베어버린다. 나도 모르게 "그걸 자르면 어떡해요?" 하며 소리를 질렀다. 지난해에 노란 국화를 심어 놓았었다. 겨울이 지나고 새로운 싹이 자라고 있었는데 그것이 풀인 줄 알고 자른 것이다. 동생 남편은 다시 사다가 심어 놓겠다며 미안해한다. 눈여겨보지 않으면 얼핏 쑥이라고 생각할 수 있다. 활짝 핀 꽃송이만 보는 게 익숙해서 꽃을 피워내고 받침이 되는 잎과 줄기에 대해서는 소홀하기 쉬운 게 세상 이치일지도 모른다.

꽃송이 크기와 관계없이 나는 노란색 국화를 좋아한다. 꽃말은 '실망' '짝사랑'으로 슬픈 뜻을 나타내지만 꽃말이야 아무려면 어떠한가. 노란색에서 오는 따스함이 좋다. 모든 걸 품어 주고 안아주는 느낌이다. 마치 엄마의 품처럼….

엄마는 뭐 그리 좋은 세상이 기다린다고 환갑도 되기 전에 급히 가셨는지 가슴이 아프다. 슬픔에 잠겨 있는 친구를 보면 안쓰럽지만 한편으로 구순까지 많은 시간을 함께한 그 친구가 그저 부럽기만 하다.

우리나라가 장례식장에 국화를 보편적으로 사용하게 된 것은 불과 100여 년 전 구한말 개화기로 거슬러 올라간다. 유교 문화가 지배하던 당시에는 장례식장에 꽃이 아니라 향을 피우며 명복을 빌었다. 1876년 강화도조약 이후 서구문화가 유입되면서 흰 국화와 검은색 상복이 장례식장에 등장했다. 서양에서는 국화가 '고결, 엄숙'이고, 검은색은 죽음을 의미하고 있기 때문이다. 또한 국화는 죽음을 뜻하며, 저승에 가서는 평화롭게 쉬기를 바라는 마음에서 나온 이야기다.

동서양 모두 장례식에 흰 꽃을 사용해 왔는데 동양에서는 국화를, 서양에서는 백합을 사용하기도 한다. 최근 들어 서양에서 장미를 사용하기 시작했는데 그 이유가 장미도 '고결, 숭고'라는 꽃말을 지니고 있기 때문이다.

우리나라 장례식장에서 흰 국화를 바치는 까닭은 죽은 혼을 기린다는 뜻만 아니라 돌아가신 분의 명복을 빌고 부디 극락왕생하라는 뜻이기도 하다. 하지만 아이러니하게도 국화는 일본의 국화(國花)다.

대한민국의 국화(國化)는 무궁화다. 꽃말은 '일편단심, 영원'이다. 요즘 토종 무궁화를 보기가 드물지만 개량 무궁화라도 많이 번식시켜 우리나라 국화임을 차후 세대에게 깊이 인식시켜 주었으면 하는 바람이다. 언젠가는 장례식장에 하얀 국화가 아닌 무궁화를 놓는 날이 오지 않을까.

메밀꽃이 필 때면

코스모스가 흐드러지게 피어있다. 그 꽃길 너머 파란 하늘에는 하얀 뭉게구름이 둥실둥실 떠다닌다. 이렇게 푸르른 날, 가을 꽃을 닮은 삼십여 명의 여인이 부푼 감성을 안고 문학기행 길에 올랐다.

먼저 강원도 평창에 있는 '이효석 문학관'으로 향했다. 그곳에는 『메밀꽃 필 무렵』 저자인 이효석 생가와 마을이 자리 잡고 있다. 이효석 문화마을은 우리나라 단편 문학의 백미로 일컬어지는 『메밀꽃 필 무렵』 작품의 무대이며 선생이 태어나 자란 곳이다. 1990년도에 문화관광부로부터 전국 제1호 문화마을로 지정되었고, 이 마을을 배경으로 해마다 '평창 효석문화제'가 8월 말이나 9월 초에 열린다.

몇 해 전 메밀꽃 축제 때 지인들과 함께 이곳을 방문했다. 바로 옆에 문학관이 있다는 사실도 모른 채 많은 인파와 함께 넓게 펼쳐진 메밀꽃밭과 봉평 장터 구경만 했다. 이효석이라는 작가에 대해 무관심했기 때문이다. 이번에는 그분의 발자취를 따라가 볼 심산이다.

도착한 마을에는 이미 축제가 끝나 한산했다. 메밀꽃은 심은 지 한 달 안에 꽃의 절정을 볼 수 있다. 꽃이 피는 기간은 10일 정도밖에 안 된다고 한다. 열흘간 만발했던 하얀 메밀꽃은 온몸을 불사른 듯 갈색 꽃으로 변했고, 그나마 푸른 잎들만이 우리를 반기듯 바람에 살랑거리고 있다.

오르막길을 걸어 계단에 올라서자 깔끔하게 정리되어 있는 정원이 싱그럽다. 그 옆으로 2002년 9월에 개관한 이효석 문학관이 있다. 안으로 들어가 해설사로부터 선생의 생애와 문학세계를 귀담아듣는다.

소설에는 그분의 어린 시절 고향에서 경험한 이야기가 많이 나온다. 자신이 살던 봉평마을과 읍내 그리고 첫사랑에 대한 아련한 기억 등이 자세히 묘사되어 있다. 고향을 배경으로 한 여섯 편의 단편소설로는 『메밀꽃 필 무렵』 『산협』 『개살구』 『고사리』 『들』 『산』이 있다.

그중 문학적으로 뛰어난 작품이 『메밀꽃 필 무렵』이다. 봉평장에서 장사가 되지 않았던 허 생원은 조 선달과 함께 충주집을 찾는다. 그곳에서 대낮에 농탕질을 벌이는 나이 어린 장돌뱅이 동이를 만난다. 이런저런 이야기를 나누다가 허 생원은 동이가 자기처럼 왼손잡이인 것을 눈여겨보며 자신의 핏줄임을 직감한다. 고향에 대한 정서와 아련한 그리움이 글 속에서 잘 묻어나고 있다. 애석하게도 낭만적이던 그에게도 불운의 아픔이 빨리 찾아온다.

그의 나이 25세에 일본 유학을 준비하던 화가 지망생인 19세 처녀와 결혼한다. 2남 2녀의 자녀를 두지만 9년 만인 1940년도에 부인과 둘째 아들을 떠나보내게 된다. 마음을 잡지 못한 그도 결국 2년 뒤 36세의 나이로 생을 마감한다. 뛰어난 재능을 가진 이들은 왜 이렇게 짧은 인생을 주는지 하늘의 시샘이 무섭기만 하다.

문학관 위쪽으로 예술 체험 공간으로 꾸며진 '효석 달빛 언덕'이 있다. 생가를 중심으로 그가 평양에서 거주했던 푸른 집까지 재현해 놓았다. 또한 나귀 모양을 한 달빛 나귀 전망대, 근대문학의 세계를 만나볼 수 있는 체험관 등 많은 볼거리로 구성되어 있다.

체험관에서 영상으로 만나본 이효석 작가의 하루는 낭만적이며 여유로워 보인다. 아침에 일어나 마당의 흩어진 낙엽들을 쓸어 모아서 태우고 집안으로 들어 온다. 창문 앞에 앉아 직접 커피를 갈아 내려 마시는 모습이 마음을 설레게 한다. 그에게서 풍기는 훈훈함과 귀공자 같은 깔끔한 외모가 더 끌렸는지도 모른다.

이효석은 온화한 성격으로 학업성적과 문학적 능력이 뛰어났으며, 음악과 스포츠에도 재능과 소질을 보였단다. 빵과 버터 등의 음식과 커피, 모차르트와 쇼팽의 피아노곡을 좋아했으며 프랑스의 영화를 즐겨 보았다고 한다. 또한 서양 화초가 가득한 붉은 벽돌집에 살면서 유럽 여행을 꿈꾸는 매우 서구적 취향을 가지고 있다. 영상으로 접한 모습을 떠올리며 그가 생활했던 푸른 집을 둘러보았다. 1930년대 시절인데도 꽤 현대적인 서구생활을 했다. 그런 삶과 심성에서 어떻게 성과 자연을 대비시켜 융합하고 서정적인 분위기의 형성으로 메밀꽃 필 무렵을 작품화했는지 참 놀라웠다. 이효석은 1930년대 순수문학의 가장 빛나는 예술적 감동을 주는 소설가로 높이 평가되고 있다.

돌아 나오는 끝자락 꿈달 카페에 사람들이 모여 앉아 있다. 조용히 차를 마시며 그를 떠올리는 듯 사색에 잠겨 있다. 파란 하늘로 메밀꽃 향기가 솔솔 피어오른다.

여자들만의 여행

상반기 여행이다. 목적지는 청남대와 속리산 법주사로 정했다. 차량은 24인승으로 예약했다. 영화 동호회 여직원들이 당일 여행을 간다고 하니까 여러 부서 상사들이 찬조금을 내준다. 여행 날이 다가올수록 걱정되었다. 일기예보에 전국적으로 비가 온다고 했기 때문이다.

아침에 일어나자마자 창문 밖을 내다보았다. 내 간절한 소원 때문인지 다행히 비는 내리지 않았다. 졸였던 마음이 이내 기쁨으로 들떴다. 준비한 간식 등을 챙겨 집결 장소로 향했다. 먼저 온 회원들은 같은 심정인지 얼굴에 미소가 가득하다. 준비한 간식을 나누어 주다 보니 운전기사가 여자다. 반가운 마음에 수다스럽게 인사했다. 열 명이 다 모이자 "출발" 소리와 함께 환호성을 지른다. 이동하는 내내 웃음이 끊이질 않는다.

한 시간여 끝에 청남대에 도착했다. 청남대는 대청댐 부근에 지어진 대통령 전용 별장으로 '따뜻한 남쪽의 청와대'라는 의미를 지녔다고 한다. 본관을 위주로 하여 '이명박 길, 노무현 길, 전두환 길, 김대중 길, 노태우 길, 김영삼 길'이 주변 산책로로 되어 있다.

먼저 본관으로 들어섰다. 역대 대통령들이 사용해서인지 오래된 가구마저 위엄 있어 보인다. 이어서 '전두환 대통령 길'로 향했다. 1.5킬로미터로 30분을 산책할 수 있는 거리다. 무궁화 모양의 오각형 정자인 오각정에 올라가 넓게 펼쳐진 대청호를 바라보았다. 잔잔한 물결이 마음을 편안하게 해준다.

길옆에 야생화가 많이 피어있다. 우리는 이름 맞추기 대회라도 하듯 서로 먼저 이름을 대느라 소란스럽다. 앞에 걷고 있던 어르신들이 뒤를 돌아보며 "젊으니 좋네, 우리는 걷기도 힘들어 눈에 들어오지도 않는데…"라며 한숨을 내쉰다. 오르막길과 내리막길로 되어 있어 많이 힘드셨나 보다.

산길을 벗어나자 큰 연못이 시선을 사로잡는다. 연못 위로 산책길을 만들어 양어장과 음악 분수를 가까이 볼 수 있게 했다. 양어장에는 비단잉어들이 다리 밑으로 옹기종기 모여 꼬리를 흔들며 우리를 반긴다. 음악 소리에 고개를 들자 분수가 나풀나풀 춤을 추더니 높게 솟아오른다. 힘찬 물줄기가 더위를 한입에 삼켜버린다.

대통령 기념관으로 발길을 돌렸다. 청와대 본관 건물을 60% 축소한 것이라 한다. 역대 대통령들의 기록화 전시실과 체험관으로 되어 있다. 3D로 되어 있는 화상 모니터를 통해 여러 나라 대통령과 함께 나란히 앉아 대화도 나눌 수 있다. 그 모습을 찍고 개인 메일로 보내면 사진 현상도 할 수 있단다.

기념관을 나오니 메타세쿼이아 숲길과 함께 '김영삼 대통령 길'이 바로 이어진다. 대청호 옆으로 넓고 평탄한 길이다. 한참을 걸어간 곳에 광장이 있다. 역대 대통령 9명의 동상이 세워져 있고 실제 인물의 크기로 만들어졌다고 한다. 한 번도 만나보지 못한 분들이지만 지금 이 순간에는 손도 잡아보고 사진도 찍어 마음을 함께 나눈다.

다음은 속리산 법주사로 향했다. 큰 나무들이 우거진 숲길은 말 그대로 공기 좋은 자연휴양림이다. 잔잔하게 흐르는 계곡물에 잠시 머물면서 온몸이 정화되는 순간을 느껴본다.

저 멀리 불상이 보인다. 금동미륵대불이다. 크고 웅장한 모습에 입이 저절로 벌어진다. 다들 그 앞에서 사진 찍느라 바쁘다. 그 모습을 뒤로하고 나는 남편의 부탁을 수행하기 위해 이곳저곳을 기웃대며 헤맨다. 저 멀리 그곳이 보여 한달음에 달려갔다. 기와 접수를 하는 곳이다. 두 종류의 새 기왓장이 따로따로 포개져 있다. 남편은 사찰에 올 때마다 늘 기왓장에 가족들의 생년월일과 소원을 적는다. 그 덕분인지 우리 가족은 지금까지 무탈하게 잘 지낸다. 올해도 적힌 소원대로 이루어지기를 바란다. 성공을 알리기 위해 두 장의 기왓장과 함께 인증 사진을 찍어 남편에게 보내고 발길을 돌렸다.

　일정을 마치고 주차장 근처 카페로 향했다. 향긋한 아메리카노 한 잔씩을 앞에 놓고 여자들만의 여행에서 오는 행복감을 만끽한다.

사람이 곧 풍경이다

　강원도 원주 시내 한복판에 자리 잡은 '박경리문학공원'에 들어섰다. 이곳은 선생의 옛집과 뜰, 집필실이 원형 그대로 보존되어 있다. 주변 공원 또한 소설《토지》의 배경 그대로 꾸며놓았다. '평사리 마당, 홍이 동산, 용두 레벨' 3개의 테마로 이루어졌다.

　둥그런 건물로 지어진 북 카페 앞을 지나 오른쪽을 보면 5층 높이로 우뚝 솟은 '박경리 문학의 집'이 보인다. 2층으로 연결된 계단을 통해 안내 직원을 따라 5층에 있는 세미나실로 올라갔다. 예약을 안 해서인지 해설자는 갑자기 들어선 우리 30명을 맞이하느라 분주하게 움직인다.

　자리에 앉자 스크린 위로 소설《토지》의 작가 박경리 작품세계와 삶을 보여준다. 몇 분 동안 본 그의 모습은 왠지 낯설지 않고 시골 외할머니처럼 정겹게 느껴진다. 영상이 끝나자 4층 자료실로 이동하기 위해 계단으로 내려간다. 토지 이외의 또 다른 작품세계를 만나볼 수 있다.

3층 전시실은 5개로 이루어진 기다란 투명 유리 안에 수십 권의 책들이 펼쳐져 있다. 1부에서 5부까지 26년간 집필했던 토지의 모든 것이 전시되어 있다. 관람객들의 이해를 돕기 위해 등장인물과 소설에 관한 이야기를 하얀 유리판 위에 자세히 적어 놓았다. 역사와 인물 관계를 어떻게 그리 섬세하게 표현했는지 참으로 대단하다. 수십 년간 얼마나 머리를 싸매고 파고들었을까 하는 생각에 가슴 한쪽이 묵직하다.

2층 전시실로 내려가면 작가가 아끼던 물건들과 손수 지어 즐겨 입었다는 원피스가 걸려 있다. 옆에 다른 유리 상자 안에는 농사지을 때 쓰던 호미와 장갑도 진열되어 있다. 그녀의 삶과 혼이 묻어 있어 이리 소장하고 있는 것 같다. 한 여자의 일생을 고스란히 보여준다.

북 카페 앞을 지나 활짝 열려 있는 낮은 대문 앞에 섰다. 이곳은 선생의 옛집으로 18년간 살면서 토지를 완성했던 집이다. 조금 가파른 오르막길을 터벅터벅 걸어 올라가 보니 대문에서 보이지 않았던 하얀 이층집이 나타났다. 집 앞에는 손주들을 위해 손수 만든 연못과 가꾸던 텃밭도 그대로 남아있다. 드넓은 마당에 파릇파릇한 잔디가 깔려 있고, 가운데 넓적한 바위에는 그녀의 동상이 대문 쪽을 바라보며 편안한 자세로 쉬고 있다. 마치 우리를 기다리는 엄마의 모습 같다. 바로 옆 바위에 고양이가 제 자리처럼 턱 하니 올라앉아 같은 곳을 바라보고 있다. 일상적인 생활 모습이 친밀하게 다가왔다.

집 안으로 들어가 작은 부엌 앞에 서자 해설가는 "선생은 음식을 하다가도 글이 생각나면 바로바로 적을 수 있게 수첩을 항상 옆에 놓고 있었다."라고 말한다. 오로지 글을 위해 살던 분이다. 집필실이었던 방문 앞에 섰다. 낮은 탁자 하나가 눈에 들어왔다. 토지라는 대작을 완성 시킨 자리다. 그 자리에 앉아 글을 쓰고 있는 선생의 모습이 그려지면서 무게감이 느껴졌다.

나는 토지를 책보다는 2004년 TV 드라마로 접했다. 만석꾼 대지주 최 참판 댁의 마지막 당주인 최치수와 그의 고명딸 서희를 주인공으로 내세워 토지의 상실과 회복을 둘러싼 대하드라마였다. 배우 김현주가 주연으로 서희 역을 했다. 아직까지 내 기억 속에 깊이 자리 잡은 것은 서희의 서슬 퍼런 카리스마와 강단 있는 목소리다. 어쩜 그렇게 어린 것이 대차고 똑소리 나게 행동하는지 그 모습이 참 대단해 보였다.

토지 속의 서희와 작가의 아픔은 많이 닮아있다. 고 박경리 선생도 가정적으로 행복하지 못했다고 한다. 그녀의 아버지는 18세에 박경리 선생을 낳고 가출하여 딴 여자와 살았단다. 남편인 김행도 선생은 한국전쟁 당시 서대문 형무소에 수감되었다가 죽음을 맞이했다. 여자 혼자 몸으로 어렵게 생계를 책임지던 그녀에게 또 한 번 어린 아들을 잃는 극심한 시련이 닥친다. 그녀는 매일매일 글을 쓰고 뜰을 가꾸었으며 사위인 김지하 시인의 옥바라지를 하며 남은 가족들을 돌보았다.

딸인 김영주의 말로는 수많은 사람의 시선과 질시에 온통 상처투성이였던 어머니는 초야에 묻혀 글만 쓰면서 농사로 자기 자신을 치유했다고 한다. 자연이 그녀의 상처를 보듬어 주고 글을 쓸 수 있도록 생기를 불어넣어 준 건 아닌가 싶다. 아버지, 남편, 아들을 잃은 한 많은 인생이라 그런지 그 무엇보다도 좋은 벗은 담배였던 것 같다. 박경리 선생은 폐암으로 입원해 수술도 거부하고 병실에서 마지막 담배 한 대를 태우며 별세했다.

사람을 주제로 만든 여행은 그저 보고 노는 것이 아니라 한 사람을 통해 더 깊은 무언가를 읽어내는 여행이다. 사람이 곧 풍경이다.

가을을 찾아서

　가을을 찾아 나섰다. 목적지는 증평 좌구산 휴양림이다. 휴대폰 티맵 내비게이션에 주소를 입력하니까 약 오십 분 정도의 거리로 나온다. 네 명의 여인 중 운전면허증은 나밖에 없다. 어쩔 수 없이 일일 기사가 되었다. 밤새 비가 와서 걱정했는데 다행히 아침에는 내리지 않았다. 조금은 가벼운 마음으로 출발했다. 도로에 자동차가 많지 않았고 내비게이션만 보고 잘 따라가니까 큰 어려움 없이 목적지에 도착했다.

　차에서 내려 위를 올려다보니 '좌구산 명상 구름다리'가 허공에서 산과 산을 연결하고 있다. 쳐다보는 것만으로도 아찔하다. 주차장 옆 계단으로 올라가 다리 입구에 섰다. '끝까지 어떻게 걸어가지' 하는 마음에 가슴이 두근거리기 시작한다. 양옆에 있는 줄은 잡지 못한다. 바로 밑 낭떠러지가 더 잘 보여 현기증이 나기 때문이다. 다리가 흔들거릴 때마다 멈칫멈칫하면서 곧장 앞만 보고 느릿느릿 걸어갔다. 다리의 폭은 2m에 총연장은

230m라는 푯말이 끝나는 지점인 왼쪽에 붙어 있다. 오른쪽에 있는 좌구산 명상 구름다리 푯말을 읽었다. 맨 아랫줄에 '좌구산 명상 구름다리를 걸으며 거북이와 백곡 김득신처럼 느리지만 꾸준히 정진한다면 뜻하는 바를 이룰 수 있고 대기만성(大器晩成) 할 수 있을 것이다.'라고 쓰여 있다.

다리 끝 하트 포토 존에서 기념사진 몇 장을 찍고 눈앞에 돌탑이 쌓여 있는 '거북바위 정원'을 보았다. 우리를 기다린 듯 입구 양쪽에 청사초롱을 들고 거북이 남녀가 서 있다. 그 뒤로 돌탑 위에 올라앉은 거북이와 토끼가 동화 속으로 이끈다. 유독 거북이가 많은데 그 이유는 산 이름 때문이라고 한다. '좌구산'은 충청북도 괴산군, 증평군, 청원군에 걸쳐 있는 산으로 산세의 모양이 거북이가 앉아 남쪽을 바라보는 형상이라고 해서 붙여진 이름이란다. 산 의미를 모티브로 조성한 정원이다.

천문대로 가기 위해 옆길로 들어섰다. 데크를 쭉 따라 걸었더니 단풍나무 길로 안내한다. 아직은 이른 감이 있어 제대로 된 단풍을 볼 수가 없다. 길 끝으로 이어진 카페 건물로 발길이 닿는다. 토끼와 거북이 조형물과 어우러진 정원이 아기자기하다. 잠시 산속 공기와 커피 향을 맡으며 두 눈을 감는다.

여유롭게 걸어 올라선 자리에서 천문대 입구가 보인다. '월요일은 출입 금지'라고 쓰여 있는 가로막이가 우리를 막는다. 발길을 돌리지 못하고 내려다보이는 풍경을 보며 아쉬운 마음을 달래본다.

되돌아 내려오는 발 옆에 도토리가 많이 떨어져 있다. 그중 눈에 띄는 큰 것만 주웠다. 동글동글한 몇 알이 손안에 들어온다. 문득 아이들 어릴 적 모습이 떠오른다. 체험학습으로 밤 줍기, 조개 캐기, 유적지 탐방 등 산과 바다 여러 곳으로 돌아다니고는 했다. 그때마다 즐거워했던 장면들이 앨범을 꺼내 보는 듯 그 순간에 머물렀다가 넘겨진다. 이십 년이 넘는 지금의 기억은 전부 흑백사진이다.

주차장 옆 건물에 체험할 수 있다는 현수막을 발견했다. 그곳으로 올라갔지만 역시나 문은 굳게 닫혀 있다. 다들 날을 잘못 잡았다며 단풍이 곱게 들면 그때 다시 오자고 한다.

출발한 지 얼마 되지 않아 차를 세워 달라고 한다. 도로 옆에 주차하자 우르르 건너편 큰 텐트가 있는 곳으로 간다. 뒤따라가서 보니 사과 대추와 고구마를 판매하고 있다. 다들 사지는 않고 구경만 한다. 먼저 차에 가서 기다리는데 갑자기 트렁크 문이 열리더니 "쿵, 쿵" 하는 소리와 함께 차가 흔들린다. 뒤돌아보니 고구마 한 박스씩 샀다고 한다. 여행지를 가면 무엇이든 꼭 사게 되는 아줌마의 고유 품성이다. 나도 모르게 웃음이 지어졌다.

모처럼 나선 길에 여인들의 향기와 함께 묵직한 가을을 싣고 돌아왔다.

지피지기

아파트 주차장에 들어섰다. 차들이 오가는 길에 두 어르신이 산책 겸 운동을 하고 있다. 허리가 많이 굽은 분은 유모차를 밀고, 다른 한 분은 지팡이를 짚고 걸어간다. 차 속력을 낮추고 그분들 뒤를 천천히 따라간다. 뒤를 돌아보며 주춤하는 몸짓에 잠시 정차하고 조금 더 멀리 가실 때까지 기다린다.

이십여 년을 넘게 살아서 그런지 낯이 익은 분들이다. 정정하게 걷던 젊은 모습은 어디로 가고 보조 기구를 사용했는데도 걸음은 두 살배기 걸음마다. 세월은 나만 늙어 가게 하는 것이 아니었다.

주차하고 차 문을 닫는 순간 옆에 하얀색의 낡은 자동차가 붕붕 소리를 내고 있다. 그냥 지나치려다가 앞 범퍼를 만져보니 뜨끈하다. 시동을 켜 놓은 지 오래된 모양이다. 전화번호가 없어 차량번호를 외워 경비 아저씨에게 이야기했더니 "또 ○○○호야" 한다. 그러면서 내가 사는 2동 엘리베이터를 탄다. 옆에 서 있는 나에게 차주가 치매인데 자꾸 시동을 끄지 않아 민원이 많이 들어오고 있다며 불평을 늘어놓는다. ○○○호 현관문을 두드리자 커트 머리에 파마한 아주머니가 강아지를 안고 문을 연다. 경비 아저씨가 또 시동 안 껐다고 야단치자 순진무구한 얼굴로 "미안해요, 미안해요" 하며 생글생글 웃는다.

'아, 이분이었구나!' 얼굴을 알아본 순간 출근길에 가끔 보았던 모습이 떠올랐다. 뽀얀 화장에 스카프까지 멋스럽게 두르고 나가다가 누군가 인사하면 도도하게 고개만 까딱하신 분이었다. 그때 그 사람과 지금 내 앞에 서 있는 사람은 딴사람이다. 드세 보였던 얼굴은 온데간데없고 환하게 웃으며 아무 걱정 없는 아이의 모습을 하고 있다. 치매라는 병이 이렇게 사람을 바꾸어놓을 정도로 무서운 거구나 하는 생각에 소름이 돋았다. 그녀의 자식들은 다 커서 외지로 나갔고 남편은 택시 기사로 하루 종일 밖에 나가 있다. 혼자 괜찮으실까 걱정되었다.

거실에서 TV를 보고 있는데 아래층에 사는 모임 동생이 전화로 다급하게 "언니, 밥 탄 냄새 안 나요?" 한다. 안 난다고 하니까 현관문을 열고 밖으로 나와 보란다. 문을 여는 순간 새까맣게 태웠을 것 같은 독한 냄새가 났다. 두 층을 내려간 복도는 탄내가 더 심해 숨이 막히고 기침이 나왔다. 혹시나 하고 9층으로 갔다. 아니나 다를까 현관문을 활짝 열어 놓고 아주머니는 거실에 다소곳이 서 있다. "밥 태우셨어요?" 하고 물으니 "응 잠깐

졸았어."라며 배시시 웃는다. 가스 불은 끄셨냐고 묻자 껐다고 한다. 못 미더워 재차 물어 껐다는 말을 듣고 나서야 놀란 가슴을 쓸어내렸다.

남의 일이 아니다. 앞으로 나의 모습일지도 모른다. 언젠가 큰딸에게 물어본 적이 있다. 엄마가 치매에 걸리면 어떻게 할 거냐고. 주저 없이 좋은 요양원에 모실 거라도 한다. 서운하지만 한집에서 부대끼며 사는 게 좋은 건지, 요양병원을 선택하는 것이 더 나은 방법인지 결정하기 어렵다.

치매 환자는 대부분 요양병원으로 모신다. 의료진의 보호와 말동무가 있어 잘 적응만 한다면 걱정 없이 편히 지낼 수 있다. 대부분 사람의 인식에 치매는 치료가 안 되는 병이라는 두려움을 가지고 있다. 경도인지장애는 치매의 전 단계다. 이때 발견해 치료하는 것이 무엇보다 중요하단다. 치매약을 안 쓰면 8년 후 환자 90%가 중증으로 진행돼 시설에 들어갈 수밖에 없지만 투약을 하면 그 비율이 20%로 낮아진다고 한다.

서울대병원 이동영 교수는 치매는 건강할 때부터 관리해야 하며 생활 습관이 매우 중요하다고 한다. 그러면서 평소 '지피지기'를 강조한다. '지'는 고혈압, 당뇨, 고지혈증, 비만을 잘 관리해 혈관을 지키자는 뜻이고, '피'는 과음, 과식, 편식 피하기다. '지'는 활동적인 생활, 특히 운동을 지속하는 것, 하루에 1시간 걷기는 평생 하란다. '기'는 취미, 사회활동을 하면서 기쁘게 생활하는 것이라 한다.

　해맑게 웃던 아주머니의 모습이 자꾸 떠오른다. 이 밤도 아무
일 없이 지나가기를 빌어본다.

봉하 마을

주차장에 도착해 제일 먼저 눈에 들어온 것은 부엉이바위다. 그리 높지 않지만 절벽으로 이루어져 우뚝 서 있다. 입구에서 '사람 사는 세상'이 새겨진 노란 바람개비를 아이들에게 나누어 주고 있다. 일요일이라 그런지 제법 사람이 많다.

왼쪽에 있는 초가에는 황금색 이엉으로 엮어진 토담 앞에 '노무현 대통령 생가'라는 작은 푯말이 꽂혀있다. 대문 앞 큰 표지판에는 어린 노무현과 생가에 대한 설명 그리고 복원되기까지의 과정이 적혀있다. 그 옆으로 생가 복원에 대한 생각을 자필로 쓴 서신도 있다. 마당으로 들어서니 11평 규모로 만들어진 흙집은 방 2개와 부엌으로 나누어져 있다. 또 한 채는 헛간과 화장실이다. 여덟 살 때까지 이곳에서 살았다고 한다.

생가 옆에는 기념품 가게가 있다. 책에서부터 가방, 액세

서리 등 많은 물건이 진열되어 있다. 판매수입금은 모두 봉하 재단에서 운영하며 묘역과 생가 관리, 기념 사업에 쓰인다고 한다. 그중 특이하게 생긴 자운영꽃 모양의 볼펜과 비오는 날 작은 꽃을 씌어주는 노란 밀짚모자가 그려진 천 가방을 샀다. 적은 액수지만 기부하는 마음이 들어 뿌듯했다. 자운영꽃은 봉하 마을의 들판을 아름답게 꾸며주는 경관 식물로 '그대의 관대한 사랑'을 의미한다. 밀짚모자는 노무현 전 대통령이 봉하 마을에서 얻은 상징이다.

맞은편에는 여러 개의 노란 바람개비가 높이 솟아 바람에 하늘거린다. 추모의 집 앞이다. 네 개의 큰 벽보가 세워진 곳에는 그가 걸어왔던 중요한 사건들과 사진이 전시되어 있고 그의 업적도 자세히 기록되어 있다. 부산 출마에서 여러 번 고배를 마셨지만 농부가 밭을 탓할 수 없다며 계속 도전하는 그에게 시민들은 '바보 노무현'이라는 별명을 붙여주었다고 한다.

하나의 흑백사진 앞에 섰다. '당신의 뿌리 나무가 되어'라는 제목으로 그의 운구차가 수많은 사람에게 가로막혀 있는 모습이다. 그 밑에는 자서전 "운명이다" 중 일부를 옮겨 놓은 글이 있다.

봉수대 근처까지 올라갔다가 발길을 돌렸다. / 내려오다가 오른쪽 부엉이바위로 갔다./ 발아래 아내와 건호가 잠들어 있는 집과 복원 공사를 하는 생가터가 보였다./ 봉하 들판을 내려다보았다. 고개를 들어 해가 떠오르는 남동쪽 하늘을 올려다보았다./ 일출 시간이 지났지만 두터운 구름과 자욱한 아침 안개 때문에 아직 해는 보이지 않았다. 그러나 곧 태양이 솟을 것임을 나는 알고 있었다./ 다리를 곧게 펴고 섰다. 태어나고 자랐던 고향 마을의 정겨운 산과 들을 찬찬히 눈에 담았다. 마지막으로 본 세상은 평화로웠다./

"너무 슬퍼하지 마라. 삶과 죽음이 모두 자연의 한 조각이 아니겠는가? 미안해하지 마라. 운명이다."

그가 생을 마감하기 직전에 부엉이바위에 올라 마지막 순간을 술회한 글이다. 죽음을 두려워하지 않고 운명으로 받아들인 그의 모습이 눈에 보이는 듯 선하다. 추모의 집에 들어가면 노무현 전 대통령의 영상물과 음성을 들을 수 있다.

오른쪽으로 들어서자 제일 먼저 한쪽 벽에 걸려 있는 커다란 사진이 눈에 들어온다. 자전거 뒤에 손녀를 태우고 환한 미소를 지으며 노랗게 물든 들녘을 달리고 있다. 저절로 웃음이 지어지는 따스한 풍경이다. 그도 누군가의 아버지요, 할아버지인 것을….

그 옆으로 제16대 대통령이 되기까지의 행보와 봉하 마을에서의 생활 모습을 담은 사진과 물품들이 진열되어 있다. 그중에 가장 인상 깊었던 것은 추모 1주기 때 노란 리본으로 만든 그의 얼굴이다. 신기하게도 똑같이 생겼다.

여민정(與民亭)이라는 곳으로 발길을 옮겼다. '시민과 함께하는 쉼터'라는 뜻으로 공원 안내 및 프로그램 정보 등을 제공하는 방문자 센터다. 방명록도 있다. 어수선한 사회가 빨리 안정을 찾고 좋은 세상이 오기를 바라면서 몇 자 적는다.

묘역의 입구에 이르니 넓은 곳에 맑은 물이 고여 있다. 수반이다. 마음을 비추는 거울로써 묘역에 들어가기 전 마음가짐을 정돈하는 곳이란다.

너럭바위로 가는 바닥은 국민 참여에 의해 박석 1만 5천여 개로 이루어져 있고, 그 위에 각자 추모하는 글들이 쓰여 있다. 자신의 박석이 어디쯤 있는지 찾을 수 있도록 홈페이지에서 박석 찾기 시스템도 제공하고 있다고 한다. 새겨진 추모 글을 하나하나 읽으며 걸어가다 보니 어느새 헌화대 입구다. 소박한 참배 단상에는 흰 국화가 놓여있다. 조금 더 올라가니 묘역이 보인다. 빨간색의 네모난 철판 가운데 바위 하나가 올려져 있다. '대통령 노무현'이라는 글씨가 세로로 새겨져 있다. 아주 작은 비석만 남기라는 대통령의 유언에 따라 남방식 고인돌 형태의 낮은 너럭바위를 봉분처럼 올린 것이다.

살아계셨다면 봉하 마을에서 많은 국민과 소통하고 추억을 만들며 소박하게 사셨을 품성이 느껴진다. 그러나 그 역시 최고 권력자에게 따라붙은 비리로부터 벗어나질 못하고 비운의 길을 택하고 말았다.

언제쯤이면 우리나라도 권력자의 뇌물과 횡포로부터 자유로울 수 있을까.

송인 공원에 부는 바람

해방이다. 오미크론 확진자로 일주일 동안 꼼짝없이 방안에 갇혀 있다가 드디어 바깥세상으로 나왔다. 그래도 며칠간은 감염균이 남아있어 사람이 많은 곳은 피했다. 주말을 맞아 그동안 답답했던 마음의 숨을 쉬려고 근처 혁신 도시에 있는 송인 공원을 찾았다.

아파트 단지를 뒤로하고 건널목을 건너자 내 키의 세 배가 넘는 큰 바위가 앞을 막는다. 올려다보니 한자로 '碩冢(鎭川伯宋仁墓) 忠淸北道 地方文化財 第九一號 常山齋(鎭川伯齋室)'라 쓰여 있는 표지석이다. 읽다가 그 앞에 작은 푯말을 내려다보았다. 친절하게도 그 한자들이 한글로 풀이되어 있어 미소가 지어졌다. '진천백 송인묘 석총과 진천백 재실인 상산재' 입구라며 화살표로 안내하고 있다.

송인 광장을 지나 계단을 내려가자 도랑을 건너는 작은 나무 다리가 눈에 들어온다. 아늑한 느낌이다. 다리 아래로 물줄기는 보이지 않고 무성한 풀만이 자라고 있다. 다리를 건너 몇 발짝 옮기자 두레 체험원 넓은 잔디밭 위쪽에 고즈넉한 상산재가 보인다. 문이 잠겨 들어갈 수 없지만 옆이나 뒤쪽 언덕에 올라서면 내부의 모습을 볼 수 있다.

상산재는 고려 시대 충신 '진천백 송인'을 기리는 재실이다. 정면 5칸, 옆면 2칸 반의 팔작지붕 목조 기와집이다. 정면은 솟을대문을 세우고 현판 경앙문(景仰門)을 달았다. 주변에는 행랑을 설치하고 담장을 둘렀다. 1992년 후손들이 성금을 모아 선조를 기리고 제향을 위한 설비로 건축했다. 매년 음력 10월 10일 제를 올리고 있다고 한다. 송인은 진천 송씨의 중시조로 1126년 이자겸의 난이 일어났을 때 인종을 호위하던 중 순국한 인물이다. 고려 중기의 문신으로 난이 평정된 후 좌리공신에 추증되고 상산 백에 봉해졌다.

상산재 왼쪽에는 오랜 세월을 묵묵히 지켜온 보호수 '충절수(忠節樹)'가 있다. 우국 충혼을 홀로 기리며 조선 순조 때부터 3백 년을 꿋꿋이 지켜온 진천의 느티나무다. 나라 사랑에 마음을 다하는 것이 충(忠)이요, 자신의 한계를 넘어 의리를 지키는 것이 절조(節操)라는 의미로 진천군의 보호수 48호로 지정되어 관리하고 있다. 굵은 나무줄기와 푸른 잎이 웅장함을 더해준다.

상산재 옆길 오르막길을 걸어가다 보면 뒤편으로 진천 송인 묘소가 보인다. 여러 개의 돌계단을 밟고 올라선 곳에는 직사각

형의 둘레돌을 두른 고려 시대의 특유한 묘제와 조선 후기에 세운 묘비가 있다. 이 묘소는 근 900년의 역사를 지녔으며 1994년 충청북도 문화재 지방기념물 제91호로 지정되어 보존하고 있다. 둘레돌 틈 사이로 노란 양지꽃이 피어있다. 앙증맞게 핀 수십 송이가 화환처럼 보인다. 주변을 둘러보니 깔끔하게 정돈된 잔디 사이로 많은 양지꽃과 보라색 제비꽃들이 엄숙한 마음을 내려놓으라며 나를 향해 웃는다.

묘소 뒤 산책길로 걷다 보면 정자가 나타난다. 그곳에 서 있으면 송인공원의 풍경이 한눈에 내려다보인다. 상산재 주위로 핀 색색의 영산홍과 하얀 조팝나무가 어우러져 아름다운 운치를 자아낸다.

정자에 앉았다. 시원하게 불어오는 바람에 몸을 맡기고 두 눈을 감았다. 귀에 와닿는 바람이 마음을 울린다. 슬며시 눈을 떠보니 연초록빛 새싹을 틔운 잎들이 봄바람과 맞잡고 춤을 추고 있다. 그 옆에는 미처 잎을 피우지 못한 나무가 새잎을 피우려고 육중한 몸을 흔들고 있다. 나를 닮은 듯한 모습이다.

코로나19가 시작되면서 감염되지 않게 잘 피해 왔다. 하지만 변이 바이러스인 오미크론의 빠른 전파력에는 속절없이 당할 수밖에 없었다. 남들보다 더 유난을 떨었는데 어떻게 감염되었는지 알 길이 없어 허무했다. 이제 사회적 거리 두기 모든 조치가 해제되었고, 이 바이러스는 현대병으로 우리가 안고 가야 하는 질병이 되어 버렸다.

무거운 마음을 송인 공원의 따스한 햇살과 불어오는 바람에 훌훌 날려 보낸다.

배움의 시작

남이섬으로 가보자는 이야기에 인터넷으로 여행 정보를 알아 보았다. 남이섬 한 군데만 가면 아쉬움이 남을 것 같아 주변 명소를 찾아보니 '아침고요수목원'이 있다.

출발한 지 두 시간이 넘어서야 남이섬에 도착했다. 초록빛으로 쭉 늘어선 잣나무 '메타세쿼이아 길'이 싱그러운 미소로 우리를 반긴다. 그 옆길에는 하얀 풍선 모양을 한 조명등이 마름모꼴로 길게 늘어져 있어 아름다움을 더해준다.

남이섬의 이름은 조선 세조 때 억울하게 역적으로 몰려 요절한 남이 장군의 묘가 있어 남이섬이라고 불리게 되었다고 한다. 현재는 가묘만 있고 진묘는 경기도 화성에 있단다. 드라마 《겨울연가》 촬영지로 알려지면서 더 많은 관광객이 몰려들고 있다.

남이섬은 나무들의 천국이라고 불릴 만큼 섬 전체가 다양한 나무로 둘러싸여 있다. 봄이면 초록빛의 잣나무 길과 가을이면 황금색으로 물든 은행나무 길을 걸어볼 수 있다. 또한 여름에는 울창한 나무와 강바람으로 시원하고, 겨울이면 새하얗게 변한 가로수 길 위에서 《겨울연가》의 배우들처럼 눈사람도 만들어 볼 수 있다.

조금 걸어 올라가다 보니 하얀 자작나무 숲이 보인다. 나무 사이에 벤치를 만들어 놓았다. 잠시 그곳에 앉아 두 눈을 감고 자작나무의 향과 바람을 크게 들이마신다. 마음속까지 정화되는 느낌이다.

우스꽝스럽게 생긴 크고 검은 동상 앞으로 발길이 옮겨진다. 코믹하게 웃고 있는 엄마는 퉁퉁한 풍채에 늘어진 배와 큰 가슴을 가지고 있다. 그 앞에 발가벗고 서 있는 아이는 엄마가 받쳐 주는 젖꼭지를 물려고 있는 힘껏 몸을 치켜세우고 있다. 엄마의 뒷모습에서 한 번 더 놀랐다. 툭 튀어나온 엉덩이 위에 작은 아이가 올라서서 뒤로 젖혀진 엄마의 젖을 물고 있다. 푯말을 읽어 보니 '장강과 황하', '세상에서 가장 아름답고 고귀한 엄마와 아기의 모습'이라고 쓰여 있다. 자신의 주관적 기준과 기대가 클수록 커지는 화(禍)라는 감정에 사로잡혀 행복과는 점점 멀어지는 인간 세상의 안타까움을 표현한 것이라 한다. 또한 엄마와 아기의 행복한 모습을 담은 이 작품을 통해 희망의 메시지로 전한다.

중국 위칭청의 작품이다. 중국 대륙을 상징하는 '장강과 황하'는 어머니의 젖에 빗대어 표현하고, 웃으며 젖을 먹고 있는 아이들은 중국 민족을 뜻한다고 한다. 푸근한 엄마의 모습과 젖을 먹고 있는 때가 제일 행복한 아이의 모습에 친근함이 느껴진다.

푸른 잔디가 넓게 펼쳐져 있는 광장을 가로질러 강가 쪽으로 갔다. 드라마 《겨울연가》에서 남녀 주인공이 눈사람을 만들어 올려놓고 사랑을 속삭이던 벤치가 보인다. 작은 모형으로 만들어진 두 개의 눈사람이 몸을 맞대고 있다. 우리도 그 배우들처럼 둘씩 짝을 지어 얼굴을 맞대고 준상과 유진이 되어본다.

기념품 가게에 들러 구경했다. 작은 눈사람으로 만든 액세서리들이 주를 이룬다. 이십 년이 지난 드라마의 영향이 이리 오래 유지되고 있다는 것이 새삼 놀라웠다.

점심을 먹고 아침고요수목원으로 향했다. 우리나라를 대표하는 큰 수목원이다. 1993년 7월 한상경 교수가 미국에서 한국 정원을 구상해 '아침고요'라고 명명하고, 그다음 해에 수목원 적지 선정 및 설계 구상에 들어갔다고 한다. 1996년도에 최초로 주요 일간지에 소개해 알려지기 시작했다. 지금은 부인인 이영자 박사가 관리하고 있다. 개원 당시 10개였던 정원이 지금은 약 22개의 야외 주제 정원으로 구성되어 다양한 볼거리를 선보이고 있다.

역사관에 가면 연도별로 발전한 모습을 볼 수 있고 각종 영화나 드라마 촬영지로도 많이 이용되고 있다. 3월부터 12월까지 다양한 꽃의 축제를 연다. 3월에는 야생화 전으로 백두산과 한라산의 희귀한 꽃 300여 종과 축령산 야생화 200여 종을 만날 수 있단다. 4, 5월은 봄꽃 축제로 10만여 평의 정원 전체에 튤립, 수선화, 팬지 등 화려한 꽃들로 아름다움의 절정을 이룬다. 6월에는 아이리스 축제, 7월에는 산수국, 8월에는 무궁화, 9월에는 들국화, 10월과 11월에는 국화와 단풍 축제를 한다. 12월에는 오색별빛정원전으로 자연과 빛의 조화를 추구한 이색 조명축제가 열린다.

수목원은 많은 나무와 꽃이 어우러져 있다. 길을 따라가며 푯말에 쓰인 꽃 이름을 외우며 관찰한다. 생소한 이름이 너무나 많다. 여러 색깔의 튤립이 눈길을 끈다. 그 사이사이에 야생화들이 옹기종기 모여 꽃밭을 더 풍요롭게 한다. '궁금한 꽃 찾기'라는 간판에 열 가지의 꽃 그림과 이름이 쓰여 있다. 잘 외웠다가 지나는 길에 그 꽃이 보이면 이름 맞추기 내기를 했다.

중간쯤 올라갔더니 두 가지가 서로 틀어 안고 있는 고목이 보인다. 1,000여 년으로 추정하고 있는 향나무다. 이 천년향은 안동의 한마을에서 마을을 지켜주는 당산목으로 신성시되어 왔으나 마을이 침수 지역으로 선정되자 자태를 알아본 수목 수집가에게 인수되었다고 한다. 그러다 2000년도에 수목원 설립자인 한상경 교수에 의해 아침고요수목원과 인연이 맺어졌다. 일 년간의 운송 준비 기간을 거쳐 이곳에 안착하게 되었단다. 아침고요수목원을 상징하는 향나무로 단단히 자리매김하고 있다.

남이섬과 아침고요수목원은 우리나라의 아름다움을 담은 정

원이며 많은 역사를 가진 자연 생태 문화공간이다. 또한 여행자
들의 만남과 소통의 공간이며 쉼터다. 여행은 즐거움뿐 아니라
또 다른 배움의 시작이다.

야생화의 향기로 존재감 드러내다

김순옥 수필가의 삶과 작품 세계

김윤희 | 수필가

수필에는 그 사람의 인생이 녹아 있다. 수필은 자기 체험과 고백의 문학이기 때문이다. 문학 장르 중에서 가장 접근하기 쉬운 분야이면서도 완성도 있는 문학으로 승화시키기가 그리 녹록지 않은 것이 또한 수필이다. 수필가는 신변잡기에 머무르지 않는, 문학성과 인생의 철학이 함의된 수필을 빚어내기 위해 부단히 자기 성찰을 해야만 한다.

김순옥 수필가가 처음 수필 교실 문을 두드린 것은 단순하고 소박한 마음에서 비롯되었다. 평생, 자신이 살아온 삶의 여정을 한 권의 책으로 펴내서 자녀들에게 남기고 싶다는 거다. 그녀는 50대 초반에 작고하신 어머니에 대해 추억할만한 유품 하나 없는 것을 늘 안타까워했다. 먼 훗날 자신의 두 딸은 엄마가 남기고 간 삶의 흔적을 기억하며 오랫동안 모녀간의 애틋한 정을 나누었으면 싶은 거였다. 그게 시작이다. 지향점을 향해 내딛는 발걸음이 꾸준하다.

작가 김순옥은 심지가 굳다. 주어진 여건에서 꿋꿋하게 견뎌 내는 힘이 있다. 그녀를 보면, 화려하진 않지만 나름대로 색깔과 향기를 지닌 한 떨기 풀꽃, 야생화를 연상하게 된다. 찬 서리 내리는 가을날, 산 녘에 노란 향기로 흐드러진 국화처럼 존재감 을 은근히 드러내기 시작했다. 그녀의 삶이 녹아 있는 글을 대하 노라면 문득 서정주 시인의 〈국화 옆에서〉가 읊조려진다.

한 송이 국화꽃을 피우기 위해 봄부터 소쩍새는 그리 울었나 보다. 천둥은 먹구름 속에서 또 그리 울었나 보다.

직장생활을 하면서 금쪽같이 주어진 토요일 한나절을 글쓰기 수업에 매진한다. 목표를 세우고 성실하게 이행해 가는 모습이 진중하다. 편편이 소개된 글 속에서 치열하게 살아가는 삶의 여 정이 묻어난다. 결코 녹록지 않은 여건을 잘도 헤쳐 나간다. 그 리 많은 연치는 아니어도 우리네 어머니가 살아온 근성이 느껴 진다. 어디서 저런 힘이 솟아나는 것일까. 찬찬히 그의 작품 세 계를 들여다본다.

제1부에서는 시선을 사회적인 면으로 확장 시키려는 마음을 엿볼 수 있다. 나의 일이지만, 나로부터 벗어나 다양한 각도로 조리개를 조절하고 있다. 좀 더 객관화된 내가 바라보는 세상을

발견한다.

제2부에서는 지나온 시간 속에 녹아 있는 가족에 대한 그리움과 아픔을 '사랑꽃'으로 피워냈다. 인간의 근원적인 심성 그 기저에는 가족이 있다. 가족은 그리움이다. 그리움 속에 원망도 회한도 사랑과 화해로 승화된 인간 본성이 녹아 있어 사람의 마음을 어루만진다. 치유의 과정을 거쳐 한층 성숙해지고 있음이 느껴진다.

3부에서는 소소한 일상의 이야기를 통해 내밀한 자신을 들여다본다. 나는 누구인가, 성찰의 시간이 녹아 있다. 4부에서는 자신을 성장시켜 준 인연과 끊임없이 도전하는 삶의 자세가 자신의 인생행로를 어떻게 바꾸어가는지 여정이 그려져 있다. 바라는 것을 목표로 세우고, 하나씩 이루어 가는 과정에서 현대를 살아가는 신중년 여성의 지표를 만날 수 있다.

단순하게 시작한 글쓰기가 다른 세상으로 나가는 길을 열고 있다. 글쓰기에 도전한 것이 행운이라 여긴다. 삶의 재발견이다. 글을 쓰고 보니 배워야 할 부분이 보이고, 이를 위해 50이 넘은 나이에 방송통신대학교를 졸업했다. 부족했던 부분을 채워가며 느끼는 희열을 맛본다. 새로운 활력이다. 지금까지 살아온 길과 또 다른 세상이 만나는 길목에서 새로운 길을 향해 과감하게 한 발 한 발 내디디면서 마음속에 담아 두었던 아픔과 슬픔을 글로 풀어낸다. 가슴 저 밑바닥 앙금으로 남아있던 상처를 치유해 가면서 무의식 속에 웅크리고 있던 몽우리가 수줍게 꽃으로 피어남을 느낀다.

제5부에서는 여행지에서 보고 느끼며 얻은 지혜를 풀어냈다. 사람살이는 어차피 이 세상으로의 여행 아닌가. 사람이 곧 풍경이다. 누군가 그랬다. '사람이 온다는 것은 실로 어마어마한 일이다. 한 사람의 일생이 오기 때문이다.'라고.

김순옥 작가의 첫 수필집 『나의 향기』는 내게 그저 한 권의 수필집이 온 게 아니다. 그녀의 삶 자체가 내 안으로 들어온 거다. 서평이라는 이름을 빌려 그가 살아온 삶에 동행하며 동인들과 어깨동무하고 이 세상 멋진 여행을 마무리하고 싶은 마음이 인다.

1. 사회를 바라보는 작가적 시선

새로 집 두 채를 더 장만했다. 한 집에 세 식구가 살다 보니 위로 크지 못하고 두루뭉술하게 옆으로 살만 찌워서 서로 옴짝도 못하고 있다. 어느 놈 하나 비좁아서 못 살겠다고 고개 바짝 쳐들고 따지는 놈이 없다. 제 주장을 내세워도 될 터인데 환경에 맞추어 사는 모습이 안쓰럽게 보인다.

어느 날 '잘 살아 있겠지' 하는 생각에 녀석을 들여다보았다.

못 본 사이 두 자식은 아버지 키만큼 커 있다. 그런데 위에서 내려다보니 무언가 이상하다. 하얀 실뭉치 같은 것이 띄엄띄엄 보인다. '뭐지?' 하며 쭈그려 앉아 자세히 보았더니 잎이 맞닿은 줄기부분과 뒤쪽에 빈대같이 납작한 것이 붙어 있는 것이 아닌가. 무관심한 사이에 진딧물이란 놈이 여기저기 새끼들을 풀어놓고 자기 세상처럼 살고 있었다. 어찌 이럴 수가. 제 살에 붙어 진액을 쪽쪽 빨아먹고 있는 침입자에게 다육이 염좌는 아무런 저항도 못하고 하루하루를 버티며 살고 있었던 모양이다. 잎이라도 떨어뜨리면서 좀 봐 달라고 하지. 무심했던 나를 얼마나 원망했을까.

- <무관심의 시대> 중에서

다육이에 새로운 집을 마련해 준다. 비좁은 곳에서 살면서도 불평 한마디 않고 주어진 환경에 순응하며 사는 식물을 발견한다. 무던한 심성을 읽어내는 눈이 트였음이다. 인간이라면 벌써 아우성치고도 남았을 터인데 못 살겠다고 따지거나 제 주장을 하지 않는 다육이를 보면서 인간사를, 아니 자신을 생각한다.

　묵묵히 제 삶을 살아가는 순한 염좌, 그 약한 면으로 파고들어 피를 빠는 녀석이 있다. 진딧물이다. 사회악이다. 여기저기 제 새끼들을 풀어놓고 남의 살을 파고드는 무법자가 횡행하게 된 것은 무관심에서 비롯되었다. 무관심으로 병들게 하는 것이 어찌 화초뿐이랴.

바른 소리를 낼 줄 알고, 부당함을 바로 잡아야 한다는 의식이 내재 되어 있다. 무감각한 우리를 다시 깨어나게 하는 것은 삶에 관한 관심과 희망뿐이라 한다. 알렉산더 버트 야니 교수의 말을 인용하며, 서로에게 따뜻한 말 한마디, 도움의 손길이 절실히 필요한 때임을 역설한다.

위안부 피해자를 다룬 영화 귀향, 눈길, 아이 캔 스피크에 이어 또 한 편의 영화를 보았다. 위안부 문제 판결을 위해 1992년부터 1998년까지, 6년간의 투쟁을 그린 '허스토리'다.

10명의 위안부, 정신대 피해자들이 일본 정부를 상대로 13명의 무료 변호인과 함께 벌인 23번의 재판을 진행한 실화다. 역사상 단 한 번, 일본 재판부를 발칵 뒤흔들었던 용기 있는 여성들이 일궈낸 관부 재판 이야기를 다룬 작품이다. 허스토리는 여성에 의해 쓰인 역사로, 여성의 관점과 경험을 기록하는 것을 목적으로 한다고 목소리를 높인다.

- <여성에 의해 쓰인 역사> 중에서

우리 역사에서 결코 소홀히 할 수 없는 부분, '위안부 여성 문제'를 소재로 올렸다. 영화를 통해 관심을 두게 된 것이지만, 우리의 역사 특히 여성의 수난사에 깊이 천착하게 된 것은 작가의 의식이 깨어 있기 때문이다. 6년에 걸쳐 23번의 재판에서 단 한 번 일부 승소했다는 것은 정말 중요한 의미라고 그녀는 생각한다.

20세기 후반 '허스토리' 운동으로 여성 중심적인 언론 기관 및 출판사들이 생성되고 발전한 것을 인지한다. 허스토리 발전에 큰 역할을 한 여성 운동가 중에 '로빈 모건'이 있다. 위안부 문제, 정말 길고도 지리한 싸움이었다. 한 인생을 송두리째 유린당한 아프고 슬픈 우리의 역사를 놓치지 않았다.

그뿐만 아니라, 남북 이산가족 문제 또한 남다른 시선으로 바라본다. 실향민의 가족인 까닭이다.

2018년 4월 27일 남북 두 정상이 손을 맞잡고 도보로 군사분계선을 사뿐 넘었다. 딱 한 발짝만 떼면 남이요 북한 땅인데, 참으로 오랜 세월 가슴앓이를 하고 살았다. 아직도 끝나지 않은 전쟁, 삼팔선을 그어 놓은 채 휴전한 지 65년이었다. 이제 '평화, 새로운 시작'이라며 남북한은 분쟁을 끝내고 영원한 평화를 위한 긴 여정에 올랐다. 이어 이산가족 상봉도 이루어졌다.

아버지는 의지했던 아내마저 잃고 삶의 의욕이 꺾여 매일 술로 사셨다. 몸은 돌보지 않고 텔레비전과 술이 친구라고 노래를 부르시더니 간암과 당뇨, 고혈압으로 몸을 망가뜨렸다. 몇 년간 입원과 시술을 반복해야만 했다. 끝내 그 모든 걸 두고 77세의 나이로 영영 먼 길을 떠나셨다. 아버지가 이렇게 빨리 가실 줄 알았다면 원 없이 술이나 드시게 할 걸 하는 후회가 밀려온다. 아버지의 인생에서 술은 헤어진 가족에 대한 그리움이 아니었을까.

-<아버지, 그 삶의 무게> 중에서

그녀의 아버지 고향은 경기도 연천군 백학면이다. 남북이 경계가 생기면서 백학면이 두 쪽으로 쪼개져 갈 수가 없는 곳이 되었다. 6.25 전쟁 때 열세 살이었던 아버지는 일곱 살짜리 여동생 손을 잡고 피난을 오셨다.

2018년 4월 27일 문재인 대통령과 김정은 위원장, 두 남북 정상이 손을 맞잡고 도보로 군사분계선을 넘는 장면을 TV로 보면서 아버지는 한 가닥 희망을 품는다. 한 발짝만 떼면 북한 땅 고향인데, 가슴속에만 쟁여 놓았던 그 고향, 북받치는 아버지의 한이 그대로 와 닿는다.

'누가 이 사람을 아시나요?' 하염없이 혈육을 그리워하던 실향인 아버지는 북의 가족에 대해 아무것도 아는 것이 없어 이산가족 상봉 신청조차 해보지 못했다. 혹여 누가 당신을 찾지 않을까 싶어 TV에서 눈을 떼지 못하고 서성였던 아버지를 바라보는 작가의 마음 역시 아버지 못지않았으리라.

작품 곳곳에서 볼 수 있듯이 김순옥 작가의 삶은 치열했다. 저 밑바닥까지 떨어졌다가도 용케 고난을 딛고 올라선다. 기대고 비빌 언덕 하나 없는 실향민 가족으로 이 사회에 정착하기까지 치열하게 살지 않으면 생존할 수 없는 환경이 아마도 그녀를 굳건하게 했을 것이라 짐작한다. 강인한 정신이 끊임없이 도전하고 자신을 성장시키는 요건이 되지 않았나 싶다.

2. 그리움이 피워내 사랑꽃

쓸쓸한 가을바람이 코끝을 스치며 두 눈을 시리게 한다. 아버지가 돌아가신 후 첫 번째 맞는 명절이다. 옆집 친구는 오늘은 시댁, 내일은 친정 간다고 바쁘게 준비한다. 그 모습이 부럽기만 하다. 난 부모님을 볼 수 없다는 마음에 눈물이 고인다. 오래전, 엄마는 사고로 입원하신 지 일주일 만에 갑자기 패혈증으로 가셨고, 홀로 10년을 우리 옆에 굳건히 계시던 아버지마저 돌아가셨다. (중략) 명절날, 친정인 남동생 집에 들어서니 늘 보이던 아버지의 모습은 보이지 않고 조카들만 반갑게 달려든다. 연례행사로 치렀던 고스톱판은 사라지고 대신 아이들의 재롱과 웃음이 내 마음의 빈자리를 차지한다. 그래도 채워지지 않는 한쪽 어딘가의 시린 마음은 어쩔 수가 없다.　　　　　　　　　　　　　－ <빈자리> 중에서

어머니를 일찍 여읜 작가에게 아버지는 애틋한 존재였다. 아버지 역시 명절이면 100원짜리 동전을 마련해 놓고 오 남매와

둘러앉아 화투판을 벌인다. 가족애의 표현이다. 표현에 서툰 우리네 아버지의 사랑법이다. 엄마의 정을 충분히 받지 못하고 자란 자식들과 명절이나마 정을 듬뿍 나누려는 행위가 고스톱이다. 우직한 부정이 느껴져 마음이 짠하다. 맏딸인 작가는 그 마음을 너무도 잘 알기에 슬금슬금 자리를 뜨는 형제들과는 달리 끝까지 아버지와의 자리를 지킨다.

자식들과 유일하게 할 수 있는 놀이, 밤새 즐기던 고스톱판도 아버지를 따라 멀리 떠나고 빈자리가 덩그러니 남는다. 아버지의 자리에 친정 조카아이들의 재롱과 웃음이 들어서지만, 채워지지 않는 그 무엇에 작가는 가슴이 시리다. 그리움이다. 내 몸을 품어 주던 어머니의 몫까지 감당해야 했던 아버지에 대한 남다른 마음이 진한 그리움으로 빈자리에 흥건하게 고인다.

"엄마, 나 손가락 부러졌대!" 큰딸아이 전화에 쿵 하고 가슴이 내려앉는다. (중략)

다음 날 아침을 거른 채 아이와 함께 간단한 짐을 챙겨 병원으로 향했다. 입원 수속을 마치고 환자복을 입은 모습을 보자 눈물이 핑 돌아 나도 모르게 뒤돌아섰다.

"부모는 자식이 다치면 무조건 달려와 옆에 있는데 자식들은 그러지 않는다. 그렇다고 연차 쓰고 간병하라는 소리는 더 못하겠다.”고 한다. 다친 게 미안하고 직장 다니는 자식에게 혹여 피해라도 갈까 봐 간병 필요 없다. 괜찮다, 괜찮다 했단다. 부모 마음은 다 그런가 보다.

이십여 년 전 돌아가신 친정엄마도 그랬다. 골반뼈를 다쳐 꼼짝 못 하고 누워 있던 엄마는 아버지가 있으니 괜찮다며 아이들이나 잘 챙기라고 했다. 초등학교에 갓 들어간 큰손녀를 맡길만한 곳이 없다는 것을 알고 하는 말이다.

- <엄마의 자리> 중에서

딸아이에게서 손가락이 부러졌다며 수술해야 한다는 전화를 받고 작가는 퇴근하기 무섭게 딸네 집으로 달려간다. 아침도 거른 채 서둘러 병원을 향한다. 환자복을 입은 딸아이 모습만 봐도 눈물이 핑 돈다. 영락없는 엄마다. 병실에서 이런저런 환자를 보며 친정엄마를 생각한다.

‘부모는 자식이 다치면 무조건 달려가 옆에 있는데 자식은 그러지 못한다.’ 작가 역시 자식일 때는 엄마가 편찮으시다는 말을 듣고 뵈러 가서도 초등학교 1학년짜리 내 아이를 먼저 생각했다. 병간호하기 수월하도록 자신이 사는 곳과 가까운 곳으로 병원을 옮기자고 했다. 주말이라 그러지는 못했지만, 월요일에 아이를 학교 보낼 생각에 그날로 내려왔다. 다음날 어머니는 패혈증으로 급히 서울 큰 병원으로 이송되었고 끝내 회생하지 못하셨다.

엄마를 그렇게 두고 집으로 오는 게 아니었는데, 뼈아픈 후회가 목에 가시처럼 남는다. 회한이 녹아 있다.

딸은 엄마가 돼봐야 엄마의 마음을 아는가 보다. 엄마는 당신이 아픈 것보다 자식의 집안 사정을 먼저 생각한다. 그게 엄마다. 그때 엄마를 먼저 생각했더라면⋯. 어디 작가만의 후회이겠는가. 뒤늦은 후회는 남겨진 이 세상 모든 자식이 감당해야 할 숙명 같은 것인지도 모르겠다. 부모에게 못다 한 효도는 자식 사랑으로 다 갚으라는.

3. 나는 누구인가, 나를 성장시킨 인연

독서지도사 3급 과정을 신청했다. 독서문화진흥 강사양성프로그램이다. 도서관 문화행사로 진천군립도서관에서는 신청자가 적어 혁신도시도서관에서 교육을 받는다. 매주 수요일마다 두 시간씩 13주 과정이다. (중략)

강사는 종이를 주면서 그 안에 숫자나 그림을 그려 넣어 자신을 소개하라고 한다. 받아든 흰 종이에는 '나는 누구?'라는 글자와 큰 네모 여섯 개가 있다. 순간 당황스러웠다. 나를 어떻게 표현해야 할까, 여섯 칸을 다 채울 수나 있을까. 연필이 허공만 맴돌 뿐 종이 위로 사뿐 내려앉질 못한다.

- <나는 누구> 중에서

강사가 내민 여섯 칸의 공간을 바라보면서 자신의 삶을 생각한다. 어떻게 채울 것인가. 첫 칸은 대학모를 쓴 여자를 그렸다. 한국방송통신대학교 3학년이었기 때문이다. 두 번째 칸에는 숫자로 5, 4를 써넣었다. 나이다. 세 번째 칸은 책과 연필을 그려서 글 쓰는 작가임을 나타냈고, 네 번째는 여자 두 명을 그렸다. 27세와 25세 된 딸이다. 다섯째 칸은 머그잔이다. 카페 가는 것을 좋아한다는 뜻이다. 마지막 칸엔 큰길 양옆에 꽃을 그려 넣고 꽃잎을 빨간 볼펜으로 색칠했다. 앞으로 꽃길만 걸어가기를 희망한다는 소망이 들어있다. 농축된 자화상이다. 이를 보면 무한히 자신을 성장시킬 수 있는 근성이 느껴진다. 지향해야 할 신중년의 표본을 보는 듯하다. 긍정적인 메시지가 전해진다.

현관에 들어서는 순간 야릇한 향기가 집안 가득하다. "흠, 흠" 숨을 들이마시며 향을 내뿜고 있는 진원지를 찾아 더듬이를 세우고 보니 베란다 쪽이다. 하루 종일 저들끼리 집을 지키고 있던 식물들이 주인의 인기척을 듣고 일제히 손을 흔들며 반긴다. (중략)

6개의 꽃잎에 수술이 6개, 암술이 1개인 하얀 꽃이 망울망울 피어있다. 꽃대에는 이슬 같은 물방울이 맺혀 있어 만져보니 끈적끈적하면서 달콤한 향을 낸다.

- <나의 향기> 중에서

어느 날부턴가 '오로지 나만을 위한 행복을 만들어가야 하지 않을까' 하는 생각이 들었다. 그동안 아등바등 살면서 나를 위한 투자는 뭐가 있었지, 하며 되돌아보았다. 딱히 목표를 정해놓고 시도한 적이 없다. 가족과 함께 하는 것이 곧 내 행복이었기 때문이다.

내가 나에게 꽃을 선물하기로 했다. 큰마음을 먹고 처음으로 장미꽃 한 다발을 샀다. 분홍, 빨강, 노란 드레스를 입고 서 있는 듯한 모습이 마치 귀부인처럼 품위가 있고 우아하다. 며칠 동안 집안 곳곳에서 춤을 추며 파티를 즐기더니 다들 지쳤는지 고개를 숙이고 있다.

다시 꽃집 앞에 섰다. 무슨 꽃을 살까 둘러봐도 노란 국화만큼 눈에 들어오는 것이 없다. 꽃다발을 들고 분위기 좋은 카페에서 아메리카노 한잔도 마셨다. 아직은 나를 위하는 일이 쉽지는 않지만 한 가지 한 가지씩, 내 행복을 만들어가려고 한다.

- <노란 국화> 중에서

사람들도 저마다 자기만의 향기를 지니고 있다. 자연적인 것도 있지만 인위적으로 만들기도 한다. 나에게서는 어떠한 향기가 날까. 김순옥 작가는 살아오는 동안 저절로 묻어 나오는 삶의 향기를 내고 싶어 한다. 상대방을 배려하고 양보하는 마음에서 은은하게 풍겨 오는 그런 사람의 향기 말이다. 그래서 열심히 사는 한편, 자기의 행복을 위한 일, 자기만의 꽃길을 만들어가는 일에도 게으르지 않다.

자기 자신을 위해 꽃을 사서 집안을 환하게 밝힌다. 또 때로는 분위기 좋은 카페를 일부러 찾아가 아메리카노 한 잔을 마시며 수필집을 읽는다. 열심히 살았으면 자기를 위해 이 정도의 호사는 누릴 수 있지 않을까? 그러다가도 주부인지라 가끔 나를 위해 꽃다발 사는 일을 주저하게 된다. 살짝 들녘에 피어있는 야생국화, 억새, 강아지풀을 꺾어오기도 하지만, 역시 야생은 제자리에 피어있을 때가 아름답다는 걸 느끼곤 생각을 접는다. 공감이 가는 대목에 피식 웃음이 난다.

그동안 살아온 삶이 나 아닌 가족, 아니면 누군가를 위한 것이었기에 나 자신에 투자한다는 것이 낯설다. 말처럼 쉽지만은 않은 것이 현실이다. 그럼에도 그녀는 자신을 위한 일을 시도하고, 실천해 간다. 밝고 건강하게 살아가는 방법이다.

4. 또 다른 세상을 열다

글 한 편을 끝내고 돌아선 얼굴은 세상 다 얻은 듯한 행복한 표정이다. 좋은 결과도 있고 아쉬움도 있지만 그저 그렇게 함께 같은 방향을 걸으며 마음을 나누는 것 자체가 즐겁기 때문이리라. (중략)

미래에 남겨질 두 딸을 생각했다. 나의 일상적인 일들을 글로 풀어내면서 작은 소망 하나를 가지게 되었다. 살아온 이야기를 책으로 엮어내는 일이다. 엄마의 이야기를 두고두고 읽으면서 추억으로 간직하고 외롭지 않았으면 좋겠다는 마음에서다. 오랫동안 남겨질 수 있는 글이 소중하게 느껴진다.

- <또 하나의 꽃밭> 중에서

수필을 통해 만난 문우들도 그렇지만 글과의 만남 또한 내게는 귀한 인연이고 선물이다. 아직은 일상의 소소한 이야기를 다룬 신변잡기지만 글을 통해 마음이 넉넉해지고 모든 것을 포용하게 된다. 따스한 가슴을 나눌 수 있는 이곳 글 마당이 행복의 장이고 내게 남은 삶의 의미다. '하늘이 내린 인연' 그 꽃말을 지닌 비비추의 꽃내음이 어디선가 솔솔 풍겨오는 듯하다.

- <비비추꽃> 중에서

2019년은 오십이 넘은 나에게 새로운 인생길이 열렸다. 머리를 쥐어짜며 불가마 속 같은 시간에서 4년을 견디었더니 등단이라는 이름표를 달아준다. 그 이름표가 꼬리표가 되지 않게 나를 담금질해야 했다. 곧바로 8월에 국어국문과에 입학했다. 삼십여 년 만에 공부하려고 하니까 머리에서 글자들을 밀어내며 저항한다. 앞으로의 학교생활이 까마득하다. 기억력은 점점 떨어져 가는데 괜히 시작했나 후회도 많이 했지만, 이왕 시작한 거 포기할 수는 없었다.

– <또 다른 세상> 중에서

수필집을 엮으면서 그녀는 문득 정현종 시인의 <방문객>이라는 시 한 구절을 떠올린다.

사람이 온다는 건/ 실은 어마어마한 일이다/ 그는/ 그의 과거와/ 현재와/ 그리고/ 그의 미래와 함께 오기 때문이다./ 한 사람의 일생이 오기 때문이다.

그랬다.

김순옥 수필가는 생활전선에 뛰어들어 그저 열심히, 성실히 사는 것이 전부인 줄 알던 사람이다. 보증 빚에 허덕이는 부모님, 동생이 줄줄이 넷이나 있는 가난한 집안의 장녀. 고등학교 문턱에서 생활전선으로 발길을 돌려야 했던 참담한 처지를 위로해 주고 같이 울어줄 친구 하나 가질 여유도 없이 살아온 그다.

결혼하고도 크게 나아진 것은 없었다. 중풍으로 쓰러진 시아버지와의 갈등, IMF와 더불어 남편 회사의 부도, 사촌 시숙의 빚보증 등 생활은 가장 밑바닥까지 떨어졌다. '복도 지지리 없다. 다 내려놓고 싶다' 절망할 때 힘이 된 건 두 딸이다. 그녀는 예쁘게 커 가는 두 딸과 가정을 위해 쉼 없이 달리고 달렸다.

그런 그에게 글쓰기는 또 다른 세계를 향한 문이었다. 글과의 만남, 문우들과의 만남을 통해 그녀는 자신과의 만남, 응어리진 가족사에서 진정 화해를 풀어냈다. 상흔이 흐릿하게 아물 즈음, 그에게 온 사람은 다른 누구도 아닌, 자기 자신이었다. 작가 김순옥! 또 다른 한 생이 송두리째 들어온 것이다. 실로 어마어마한 일이 아닐 수 없다는 걸 깨닫고 벅차게 받아들인다.

그렇게 다가온 사람을 생기발랄하게 가꾸어 간다. 대학교라는 상표의 거름을 주고, 여행하며 자연과 사람을 통해 바람과 햇빛, 양분을 얻는다. 때때로 닥치는 폭풍우 거센 세파도 받아들여 자신을 야무지게 살찌운다. 다른 작가들의 작품 세계를 넘겨다보며 작가로서의 길을 넓혀 간다.

인연이라는 것, 기회라는 것은 거저 와 닿는 게 아니다. 맑은 눈으로 절실하게 바라보고 내가 붙잡는 것이다. 김순옥 작가는 그걸 해냈다. 소망하던 책을 냈다. 두 딸에게 열심히 살아온 엄마의 삶을 유품으로 남길 수 있게 됐다. 힘들고 어려운 사람들에게 힘을 줄 수 있는 수필집이 아닌가 싶다.

그동안 애써온 삶을 진솔하게 수필로 빚어내기까지 애면글면한 노고에 박수를 보낸다. 분위기 좋은 카페에서 우아하게 앉아 커피 한잔하며 앞으로 펼쳐질 당신의 꽃길을 마음껏 그려봐도 좋으리.

김순옥 수필집

나의 향기